営業課の美人同期とご飯を食べるだけの日常

営業課の美人同期とご飯を食べるだけの日常

「鹿見《しかみ》先輩、書類できたのでご確認ください！」

元気に声を上げる後輩から書類を受け取る。さっと目を通すとミスが二つ。

「おっけー、ちょい修正あるから後でまたチャット入れとくわ」

ありがとうございます、と返事し大股で自席に戻る後輩を見送るとＰＣへ向き直る。時刻は12時と20分。そろそろお昼時だ。

後輩のかわいいミスを修正しながら社内システムで書類を上司に送る。ついでに修正点を後輩にも投げておく。

そういえば残業仲間の先輩の姿が見えない。カレンダーを見るとそこには〝有給〟の2文字。上司の相澤《あいざわ》さんも今日は在宅だったっけ。右側に目をやるとすっからかんの席。上の人間がいないと幾分心が楽だが、イレギュラーがあると面倒だ。

キリのいいところでＰＣをスリープにして席を立つ。

「お昼行ってくるわ。なにかあったら社用携帯鳴らしてくれ」

目の前に座る後輩二人がはい、と応えてくれる。下行きのエレベーターを待ちながら自分のスマホを開くとメッセージが来ていた。

『昼一緒に食べられそうだけど、どう？』

「げ。まじかぁ」

差出人は秋津《あきつ》ひより、我が社が誇る営業二課のエース様である。

うちの会社は主にインテリアを取り扱うメーカーである。新商品の開発からブランディング、販売までの一連をすべて自社内で完結させている。

知名度で言えば十人いれば二、三人は名前を聞いたことがあるくらいの成長中企業である。

その中で営業一課は家庭用、つまり一般人向け商品の販売ルート作りの営業が中心で、二課は対企業へオフィスコーディネートなどの営業を中心に行っている。

バリキャリという言葉がぴったりな彼女は、営業課でトップを争う敏腕営業職である。彼女が取ってくる大型契約によって我々事務員の給料がまかなわれていると言っても過言ではない。

そういう意味では頭の上がらない彼女と俺は同期である。しかも単なる同期ではなく高校時代のクラスメイトなのだ。がしかし、会社では変な勘ぐりが面倒なので隠している。

スマホに目を落とすと追加で彼女からメッセージが届いていた。

『会社から一駅離れたところで午前の外回り終わり！　美味《おい》しそうなイタリアン見つけたから来てよ』

『事務の人間を外に呼び出すなよ』

『今日の契約取れたし奢《おご》るわよ？』

『今すぐ行きます、！』

返信を見ずに会社のビルから駅へ急ぐ。我ながら現金だなと思うが、奢《おご》ってもらえるなら話は別だ。まぁ結局は……いやこれはいいか。

階段を下りると地下鉄特有のこもった空気に飲み込まれる。

春先のぽかぽかした空気を目指して出口に続く階段を上る。陽射《ひざ》しに目を細めた先に、パンツスーツを着こなした美人が立っていた。

「早かったじゃない、さぁ行くわよ。パスタが私を待ってるんだから」

カランカラン、と小気味のいい音を立ててステンドグラスの張られた扉が開く。空いてるかと首を伸ばして店員さんを呼ぶ。

「ちょっと！　こういうのは女性を先に入れるもんじゃないの」

「うるせぇ、普段陽の光にあたってない事務員を外に呼び出した罪は重いんだから我慢しろ」

ぶつぶつと文句を垂れている秋津を置いて案内された席に着く。

メニューを広げるとなるほど確かに美味《おい》しそうだ。昨晩も残業祭りでパンだけ齧《かじ》って寝たからかお腹《なか》は空《す》いている。

「この二つの味を楽しめるハーフ＆ハーフを二つ頼んで色々食べるか？　初めての店だし」

「ん〜私の口はもうカルボナーラって決まってるの」

「後悔しても知らないからな。俺はこの茄子《なす》のミートソースと海老《えび》とイカのジェノバ風にしよっと」

ベルを鳴らして店員さんを呼ぶ。さっさと二人分の注文を終えると、先程の商談について秋津が話し始める。

「今日のはやりやすかったわ～営業先の担当が私と年齢近い女の子でさ～」

「お、珍しいな。いつもはおっさん相手だって愚痴ってるのに」

「そうそう、おじ様方の趣味の話とかどうでもいいからね」

そうこうしているうちにできたてのパスタが運ばれてくる。自分の前に並べられた湯気立つ麺に思わず嘆息する。

「めちゃくちゃ美味《おい》しそうじゃん……。どっちから食べよう」

「うわ、いいな～ミートパスタありだったなぁ」

「だから言わんこっちゃない。やらんからな」

まずはミートソースパスタを口に運ぶ。凝縮された肉の旨《うま》みが鼻を通り抜けたかと思えば、しょわっとした歯切れのいい茄子《なす》の食感が口を襲う。

「あんたってほんと美味《おい》しそうに食べるわね」

「実際ほんとに美味《おい》しいからな」

今は喋《しゃべ》る暇すら惜しい。

ミートソースはパスタによく絡《から》んで、塩味のしっかり付いた麺の良さを引き出している。これはハーフにしたの勿体《もったい》ないな。

一方ジェノバ風はあっさりだ。魚介の出汁《だし》だろうか、深海に潜ったかのような美味《おい》しさが口の中で解放されたかと思えば海辺で佇《たたず》んでいるかのような爽やかさもある。

「これレモン入れた人間天才だ……こってりしすぎてない」

「え～いいな～！　私のカルボナーラも負けてないし」

そう言うと彼女はフォークを使って綺麗《きれい》にパスタを口に運ぶ。こういう所作が綺麗《きれい》なところも人気の理由なんだろうな。

というか頼んだパスタで勝ちも負けもあるか。

半分くらい食べただろうか、彼女が俺のパスタをじっと見つめている。

「ここの代金出すの私なんだけど」

「それとこれは話が別だろ。最初にちゃんとハーフ&ハーフ勧めたし？」

「う～～！　そうだけど！　そうだけどミートソースもジェノバ風も美味《おい》しそうなの！」

いつだってこいつはわがままだ。それがどうにもかわいくて言うことを聞いている俺も俺だが。まぁ自分以外に実害がないならいいか。

俺はため息をつくと店員さんを呼び、取り皿と新しいフォークを持ってきてもらう。

「今回だけな」

二つの小皿にそれぞれのパスタを盛っていく。流れ作業で彼女のカルボナーラを強奪することも忘れない。

なにか言われるかと思ったが、新しいパスタに夢中なのか文句の一つもない。

「ん～！　やっぱり人が食べてるの見ると欲しくなるよね」

秋津はにんまりとしながらミートソースパスタを口へ運ぶ。傍《はた》から見たら美人が顔を綻ばせてパスタを食べる図だが、それ俺のなんだよな。

こいつが悪魔だと知らずに騙《だま》されてきた人間のなんと多いことか。

パスタの皿が空になり、彼女がお手洗いに立った隙に会計を済ませて外へ出る。

オフィス街に申し訳程度に植えられた桜が舞う。プライベートのスマホがブーッと絶え間なく震えている。

『あんたお金だけ出して帰ったわね！』

『私がご馳走《ちそう》するって言ったじゃない！』

『というか先帰んないでよ！』

無視だ無視。一緒に帰って噂《うわさ》でもされてみろ、面倒だろ。腕時計を見ると13時27分。

午後からは後輩の仕事じゃなくて自分のを片付けようと心に決めて、俺はエレベーターのボタンを押した。

◆◇◆◇

4月某日、桜吹雪もなりを潜めて外は暗い。ＰＣの右下をチラ見すると21時。我が社の定時は18時のはずなのに。それもこれも営業たちが仕事を取ってくるからだ。

いやまぁありがたい話ではあるんだが……来期のボーナスは期待できるなこりゃ。

今は19時くらいに後輩二人を帰したツケを、俺と死んだ目をした先輩で払っている。

「これてっぺんまでに終わらんぞ」

「ですよね……。一旦帰って明日早く来ますか……」

「おう、そうしようそうしよう」

俺の向かいで死んだ目をしばたたかせているのは三つ上の先輩、小峰《こみね》さんだ。御歳《おんとし》30、新婚である。俺が新卒の頃から面倒を見て（もらって）いる。

仕事はできるが、上の確認をとらずに動いたり周りを置いて先走ったりとパワープレイが多く、その調整に駆り出されること何百回という感じだ。

「どうだ鹿見、缶ビールで乾杯しとくか？」

そう言うとどこからか取り出した銀色のやつを見せびらかしてくる。

「絶対明日に響きますって、この残業週間乗り越えたらどっかで一杯行きましょ。後輩二人も誘って。というか仕事中ですよ」

後輩も誘うというのが決め手になったのかすごすごと帰り支度を始める先輩。もう準備ができている俺はスマホを見る。そういえば冷蔵庫に昨日の残りの肉じゃががあったずだ。

「鹿見帰るぞ〜！」

電気のスイッチに手をかけた先輩からお呼びがかかる。

「今行きます！」

二人並んで会社を出る。振り返ると営業課は一課も二課も電気がついている。そういえば今
週末に大型案件のプレゼンがあるんだっけか。

営業課全体を一課二課ごちゃまぜに二分して大手2社にそれぞれ商談するんだっけか。こう
いう時の連帯感ってすごいよなぁ。

「そういえばあの案件次の金曜じゃねぇか。これ休日出勤だぞ」

休日出勤……？　聞いたことない言葉だな……。

「うわ、忘れてました。でも案件どっちかでも取れたら今期どころか今年度安泰ですよ」

「それもそうだな、今週、というか来週まで馬車馬のように働く覚悟で今日は寝るぞ」

最寄り駅から家までの道のりでスマホがブーッと震える。何となく来る気はしてたよ。

通知を見ると予想通り残業モンスターこと秋津からだった。

『おーなーかーすーいーたー！　残業！』

『俺もさっき退勤した。今日も遅いか？』

『あと1時間で帰る！　今決めた！』

『まぁ頑張れよ、お前らにかかってんだから。俺たちの給料は』

『頑張るから今日家行っていい？　晩ご飯作って欲しいな～』

『だめです。俺明日早い。んじゃおやすみ』

返信は見ずにスマホを鞄《かばん》に入れる。俺の家に来るのが常態化しているように見えるが、これには事情がある。

入社して数ヶ月して気が付いたが、秋津と俺は同じマンションに住んでいる。俺が7階であいつが11階だ。

やはり営業と事務、家賃にも差が出てやがる。まだ新卒で酒の席に慣れていなかった頃、あいつが潰れてタクシーに相乗りした際に発覚したのだ。

数年前のことを思い出しながら自室の扉に鍵を差し込む。鍵についたクラゲのキーホルダーが揺れている。

自動で点《つ》く照明に迎えられて部屋の奥に進むと鞄《かばん》を置いて手を洗う。どうせ乗り込んでくる残業モンスターの為に何か作るかと、俺は冷蔵庫を覗《のぞ》き込《こ》んだ。

昨日の残りの肉じゃがを取り出す。さてどうしてやろうか。

鞄《かばん》の中からスマホを救出すると、画面がメッセージで埋め尽くされていた。

『おーいまだ家ついてないでしょ！』

『返信しなさいよ!!』

『あーあ、鹿見くんのつくった晩ご飯が食べたいなぁ』

『絶対食べる』

『あんたの家に直帰するから覚悟しなさい』

この調子だとあと20、30分で帰ってくるな。残業が確定してる週にソファで寝たくないんだよなぁ。

別に付き合ってないんだから家に来るのが嫌なら止めればいいんだが、高校生の頃からこいつには甘くしてしまう。こう、捨て猫をほっとけない的な？

スマホをBluetoothで接続したスピーカーから気持ちばかりの音楽を流す。何もなしで料理するのも寂しいし。

深皿に入った肉じゃがをレンジにシュート。コロッケのタネはびしょびしょだとまとまらないから水分を飛ばす。数分後、ピーッとレンジが仕事終了の合図を出す。

この音出したら俺も仕事終わりってことになって退勤できないだろうか。

レンジから取りだした熱々の肉じゃがを冷ましているうちに油を準備する。なぜこんな夜中に揚げ物を作ってるんだ俺は……。

ふと我に返るが、残業モンスターが頭に浮かんで直《す》ぐに料理に戻る。

彼女とは学生時代からの友人だ。……「からの」というのは語弊があるか。高校生の時は確かによく話していたが、大学進学を経て疎遠になっていたのだ。

会うのは年に一度開催されれば多いくらいの同窓会くらい。

その時も少し話して昔を懐《なつ》かしむくらい。「昔の友人」これが当時の俺たちを表すのに適した言葉だっただろう。

それがまさか同じ会社に勤めることになるとは、露ほども考えていなかった。

少し冷めて触れるようになった肉じゃがをフォークで潰していく。このまま食べたい欲求に駆られるが、なんとか自制心を保って無心に潰していく。

いい具合になったタネをまとめると片栗粉《かたくりこ》をまぶし、溶き玉子をくぐらせる。本当は次につけるパン粉もオーブンで焼いたりしたらざっくざくのコロッケになるが、深夜にそこまでする元気は無い。

成形したタネを油に投入すると、ぱちぱち音を立てながら揚がっていく。

肉じゃがたちをゆっくり見ていたいが、そんな暇はない。

冷凍ご飯を二つ、レンジにぶち込んでスイッチを押す。む、ドアの外に気配が。

インターフォンも鳴らさずにガチャガチャと合鍵を差し込んで堂々と入ってくる。

「ただいま！　おつかれ私！」

「あぁおかえり残業モンスター、手洗ってこい」

「残業美人と呼びなさい！　私の分もあるの？　晩ご飯！」

最後のところで常識人な彼女は律儀《りちぎ》に聞いてくる。ここでないと答えれば、少し悲しそうな顔をして帰るのだろう。

「お前が無茶言うのはいつものことだろ、今日はコロッケな」

「わーい、ありがと！　鹿見くん素敵！　結婚しよ！」

「しないが。」

るんるんと鼻歌をうたいながら洗面所へと歩いていく秋津。

テーブルにレタスとトマトのサラダとドレッシング、揚げたてのコロッケ、白ご飯を並べる。勝手知ったる我が家の食器棚を開けて、秋津はお箸やコップを持ってくる。

こいつ、自分の家よりうちでご飯食べてる回数の方が多いんじゃないか？　俺のプライバシーはどこへ。

「「いただきます」」

手を合わせるや否《いな》やコロッケに食らいつく。肉じゃがをもとに作ったからか出汁《だし》の香りが強い。そこにざくざくの食感が合わさって、お店で買うのとは違った良さがある。

「私も食べる～」

そう言うとコロッケを小さく切って口へ運ぶ。

「じゅわざくで美味《おい》しい！　やっぱ残業した日はあんたの手料理だわ〜。役得！」

「おい、俺も残業してんだから適当に何か買って自分の家で食べろよ」

「いいじゃん、いつものことだし〜」

「いつものことなのがおかしいんだって」

「あ、そうだ。もうお家《うち》帰るの面倒だから今日泊まってっていい？」

「いいわけないだろ。明日早いんだって。家に帰ってくれ……だいたい着替えとかどうするんだよ」

「え〜〜〜〜！　あんたは知らないだろうけど、私この部屋に着替え一式どころか三日分くらい置いてるわよ」

「は……？　いつのまに……！」

遅めの晩ご飯を食べ終わる。

「私。帰らないもん」

まぁこうなるよな。お腹《なか》もいっぱいになってソファに埋まる食欲モンスター。

「明日も仕事だろ？　自分の家で寝とけって」

「でもでも〜、もう身体《からだ》がソファにくっついて離れないのよ」

仕方ない、あんまりやりたくなかったがここは……。

彼女に近づいて抱きかかえるように腕を伸ばす。

顔を埋めた自分の腕からちらっと瞳をのぞかせると、しぶしぶ彼女は身体《からだ》をソファから起こした。

おうち帰るのイヤイヤ期に入り、クッションを抱きしめて離さない秋津をなんとか追い立てて一人の時間を獲得する。

もう慣れてしまった二人分の食器を洗うと、シャワーを浴びるべく風呂場《ふろば》へと向かった。

もはや腐れ縁と呼んでも差し支えないこの奇妙な友人関係が、このままずっと続くと思っていたのだ。

そう、少なくとも俺の方は。

カラスの行水、着替えると俺は即ベッドにダイブする。明日からの残業祭りに思いを馳《は》せて俺は照明を消した。

寝る直前、おいしそうにご飯を食べる秋津のあの顔が浮かんだのは、誰にも言えないな。

ご飯をひたすら食べ尽くす怪物の夢を見た気がする。正夢にならないといいんだが。

◆◇◆◇

木曜日、それは希望に満ち溢《みあふ》れた日である。週の後半も後半。もう週末という山頂が手に届きそうなほど近い平日である。そう、普段ならば。

時刻は午前10時20分。嵐の前の静けさなんてとうの昔に過ぎ去り、今は台風の中である。具体的には、明日の大口案件二つの商談に向けて、大量の処理を捌《さば》いていた。これもギリギリになって方針転換して営業課の上層部が悪い。

確かに方針転換した方が従前のものよりいい案ではある。やはり数年でこの会社を大きくした営業課の手腕は確かだ。

しかしそれは外から見た時の話だ。中で処理を進める身にもなってくれ……。前の案で行くなら、この木金も日付が変わる前には帰れそうなくらいには準備していたが、全部水の泡だ。儚《はかな》い。

既に昨日の徹夜を乗り越えているため、目の下には真っ黒な隈《くま》が見て取れる。事務課（とは名ばかりの事務と企画担当）は総出で朝からフルスロットルである。

いつもは元気のいい後輩ズも顔が死んでいる。そうか、修羅場は初めてか。ようこそこちらの世界へ。

「ちょっと外の空気吸ってきますわ」

さすがに今日は出勤している女上司の相澤さんに声をかけて、席を立つ。

「いってらっしゃい。営業課のバカどもに会ったら一発殴っといて」

いつもは穏やかな相澤さんも今日ばかりは荒れている。まぁたぶん俺と先輩の小峰さん、課長の相澤さんは今日も徹夜だからああもなるか。

愛《いと》しき我が社の自動ドアをくぐって近くのコンビニへ向かう。世間はもうすぐ大型連休か、駅前のノボリを見て気がつく。今年はちょっと実家に顔を出すか。確か学生時代の同期たちも帰ってきているだろうし。

コンビニの棚からコーヒーとエナジードリンク、それと後輩たちへのお土産をかっぱらうとレジでお会計する。

暗雲立ちこめる事務部屋に帰ってくると、先輩の小峰さんが上司の相澤さんと話していた。

「こっちの案件、進め方と稟議《りんぎ》の上げ方この方式でいこうと思いますがいかがです？」

「稟議《りんぎ》の回し方はこれでいいけど、進め方はもう一つの案件と抱き合わせの方がいいんじゃない？　途中までルート同じでしょ」

「あ～確かに、一旦両方作ってまたお見せします」

「よろしく、頼りにしてるわよ」

いつになく和やかに進んでいる。修羅場でもこうであってくれ。

後輩ズは必死に書類を捌《さば》いているところだ。二人の前にプリンとシュークリームを置く。

「来週抜けたら楽になるから耐えような」

「「ばい……」」

ゾンビのような声で返事をした二人、目の前の甘味に気を取られたのは一瞬、すぐに書類を捌《さば》き始めた。こりゃ末期だな。早く帰ってもらおう。

パチパチとキーボードを叩《たた》く音、シュッペラッと紙を捲《めく》る音が空間を支配する事務課。普段なら内線も鳴るが、営業課は明日に向けてのミーティング、経理もうちと同じで修羅場ってるのだろう、今日に限って電話は静かなもんだ。

「休憩！」

上司の相澤さんが鶴の一声を上げる。言葉になっているのかいないのかわからないうめき声を出しながら、先輩の小峰さんが机につっ伏す。

「二人とも、一旦休もうか。お昼でも食べに行こう」

目の死んだ子犬二匹を連れてエレベーターへ向かう。外に連れ出さないと休み時間まで仕事しそうだもんな、この後輩ズ。

先週よりも暖かくなった大通りを抜けて、一本中の路地に入る。

普段一人で昼食をとりたい時に訪れる小さな和食屋の暖簾《のれん》をくぐる。

「あら鹿見ちゃん、いらっしゃい」

女将《おかみ》さんの穏やかな声に迎えられて、店に入る。ここはこぢんまりした個人経営の和食居酒屋である。

本来は夕方から開いているが、昼からランチをやっている場合もある。

女将《おかみ》さん曰《いわ》く「仕込みのついで」らしい。開いている日も不定期なため、隠れ家的ランチスポットとして密《ひそ》かに人気を誇っている。

四人がけのテーブルに着くと、後輩たちにメニューを見せる。

「鹿見先輩はいつも外で食べてらっしゃいますが、こういう所に来ていたんですね……！」

事務部屋にいた時より幾分目に光が戻った、後輩の春海《はるみ》さんが話しかけてくる。周りを見回してポニーテールが揺れている。

「そうそう、ここはお昼から営業してるの不定期だから今日は運が良かった」

「そんな秘密のお店、僕たちに教えて大丈夫なんですか？」

元気を取り戻してきた鈴谷《すずや》君が心配そうに口を開く。大学ではしっかりスポーツをやっていたらしい彼は実直で真面目、たまにミスはするけどカラッとした性格で好ましい。

「二人とも働きすぎで潰れそうだったからね。いいお店紹介するのも先輩の務めってやつよ」

ぱぁあと顔を明るくした後輩ズはメニューを食い入るように見る。写真のない文字だけのメニューは想像で補完されるからか、お腹《なか》が空《す》いていれば空《す》いているほど美味《おい》しそうに感じる。

俺はサバの味噌煮定食《みそにていしょく》にしようかと考えていると、カラカラという音とともに扉が開き、一人の客が入ってくる。

「あら！　いらっしゃいひよりちゃん！」

「女将《おかみ》さん〜お久しぶりです！　今日は残業になりそうなのでお昼にお邪魔します。開いててよかった」

「げ」

聞《き》き馴染《なじ》みのある、というか最近毎日聞いている声を耳にして悪態をつく。このタイミングは無いでしょうに。

「「秋津さん！　こんにちは！」」

顔を顰《しか》めた俺を見て怪訝《けげん》そうな顔をすると、後輩ズたちが挨拶する。

「こんにちは。あなたたちも来てたのね」

こいつ、社内で知らない人はいないどころかえらい人気なもので後輩たちからも憧れの眼差《まなざ》しを向けられている。

「せっかくだしご一緒していいかしら？」

「「ぜひ！」」

さっきから声がよく揃《そろ》うなぁと詮無きことを思っていると、秋津まで同席することになってしまった。

「ほら、そこの顔の死んだ鹿見くんも」

「俺課長から営業課の人間見つけたら殴っていいって許可もらってんだよな。秋津さん」

「物騒なこと言わないの。あなたどうするの、サバの味噌《みそ》煮《に》？」

「エスパーかよ。頼もうとしてるやつ当てるのやめてくれ、こわいわ」

「これが営業課の力よ」

俺たちのやり取りを見て後輩ズがぽかんとしている。あ、やべ、疲れてるからか素でこいつと接してしまっていた。

「俺たち同期なんだよ、実は」

「そうなんですね……！　普段からお話されるんですか？」

「いや、しないな。研修とかで会う時くらいだよ」

ノリノリで要らんこと言おうとしている秋津の足を自分の足で小突く。

高校の話はするなよ。絶対面倒くさいことになるんだから。

そうこうしているうちに俺の前にはサバの味噌煮定食《みそにていしょく》が、鈴谷君の前にはカツ丼、春海さんは蕎麦《そば》を頼んだようだ。

秋津はといえば冷奴《ひややっこ》に切り干し大根、唐揚げにだし巻き玉子、茄子《なす》の揚げ浸しだ。こいつ一人だけ御膳を頼んでやがる……。

全員で手を合わせて食べ始める。食事中の話題はといえばやはり明日の商談。店に俺たちしかいないのもあり、話に花が咲く。

「明日の案件、取れそうでしょうか……？」

入社二年目でも今回の案件は雰囲気が異なると感じとれるのか、春海さんが心配そうに聞く。

「任せなさい、絶対に取ってくるわ」

会話を聞いている鈴谷君は今年度の数字が安泰なことにほっとした顔をしたかと思えば、明日以降の処理に思いを馳《は》せて遠い目をしている。

おい、俺の足を蹴るな秋津。おおかたサバの味噌煮《みそに》の味見をしたいんだろうが、今日は屈しない。後輩の前で情けないところを見せてたまるものか。

ゲシゲシと蹴られる足を無視しながらサバの味噌煮《みそに》を口に運ぶ。ホロホロに崩れる身と濃い味噌《みそ》が混ざって新天地すら見える。

魚特有の匂いは味噌《みそ》によって寧《むし》ろ白米を進める能力を獲得していた。白髪ネギは味としても食感としても新鮮味を醸《かも》し出《だ》してる。

白米を口に運ぶ手が止まらない。途中三人の話を聞いて黙々と食べていたら、視線を感じてそちらを向く。いつものように優しく笑った秋津がそこにはいた。

どうやら後輩ズは席を外しているようだ。

「あんた、ほんと美味《おい》しそうに食べるわよね。ほら、これも食べてみなさいよ」

そう言うと彼女は俺の皿にだし巻き玉子を一切れ置き、交換条件とばかりにサバを奪っていく。

固い玉子焼きではなく、出汁《だし》がじゅんじゅんとでる柔らかいだし巻きは酒も進むが白ご飯にも抜群に合う。

「ん～やっぱりサバも美味《おい》しい！　次夜来た時は頼もうかしら、ねぇ？」

「知らん。営業課で打ち上げにでも行ってくれ。俺たちはお前たちのおかげで、もといお前たちのせいで無限残業編が始まるんだから」

「わかってるわよ。ごめんって」

いつになく素直だな。こういう時、こいつは緊張している。まぁ明日社運をかけた大口案件があるんだから、さすがのエース様も緊張するか。

励ましの言葉を紡《つむ》ぐ前に後輩ズが帰ってくる。思わず噤《つぐ》んだ口は後悔してももう開いてくれない。

「わかってるから、ありがとう」

嬉《うれ》しそうに顔を綻ばせた彼女は後輩二人分の伝票もかっぱらうと颯爽《さっそう》とお会計を済ませて出ていった。

今回は俺の負けだな。こいつにどきっとさせられるのももう慣れたもんだ。まぁ慣れないから心臓が早鐘を打っている訳だが。

焦《あせ》る気持ちはジャケットの内側に隠して、俺は後輩二人と連れ立ってコンクリートでできた我が社、もとい戦場へと足を進めた。

◆◇◆◇

一夜明けて金曜日、いやもう実は土曜に差し掛かっているんだが。なぜこんな時間にオフィスにいるかと言えば……本日の大口案件は2件とも受託となったからだ。めでたい！　いや俺の身体《からだ》はもうボロボロなので何もめでたくないが……。

　後輩二人とお子さんが熱を出した相澤さんは帰宅、俺と先輩の小峰さんだけはこの無駄に広い事務部屋でひたすらに書類を捌《さば》いている。

　後輩には基本的に事務仕事を任せており、俺と小峰さんは本来企画担当である。しかし、こういうイレギュラーな際は事務にかかりっきりになるのである。

　まぁ俺担当のイベントは来期だし今はまだ耐えている。下準備もとい根回しは済んでいるしな。

「鹿見ぃ～さすがに疲れた、休憩行こうや」

　伸びをしながら小峰さんが話しかけてくる。事務エリアから二つ階を隔てた休憩スペースへと向かう。実はうちの会社はフリーアドレス制を導入しており、社内に散りばめられたフリースペースでゆったりと仕事をする社員も少なくない。

　だが事務に関しては営業から急ぎの案件を振られたりするため、すぐに捕まる場所にいて欲しいとの願いから同じ場所に集まって仕事をしている。社内チャットの意義が消失している。どんだけ割を食わされるんだ俺たちは。

　通りかかった経理課も電気がついている。まぁ彼らも俺たちと同じ境遇だよな……なんだったら決算期や期末は泊まり込みも普通らしいし。

　ガコンッと自販機から缶コーヒーが吐き出される。１００円でリフレッシュできるなら安いものだ、とプルタブをあけて喉に液体を流し込む。

「はぁ～～～」

張っていた身体《からだ》の緊張がゆるんでいく。目の前の小峰さんも似たようなものだ。

「来週も今日の処理が続きそうですね」

「そうだな……今週よりはマシだと信じようぜ」

「じゃあ来週に飲み会セッティングしますか。お子さんいるし来られないとは思いますが、相澤さんにも声掛けときますね」

「すまんな、頼むわ」

何食べようかと話しながら事務部屋に戻るが、二人ともも う頭が正常に働いていない。

さて、ただいまの時刻は4時28分。まだまだ始発は動かない。机にだらしなく身体《からだ》を預けた小峰さんの寝息と俺がキーボードを打つ音だけが部屋を支配する。

そういえば営業課は今日（昨日）は飲み会だっけか。会社を挙げての豪華なお祝い会（経費持ち）は別にするが、とりあえずの祝杯をあげたようだ。あいつちゃんと自分の家に帰ってるよな……酔うと俺の部屋に転がり込むんだよな。

なんか21時くらいにスマホが鳴っていた気もするがもう記憶の彼方《かなた》である。

なんとか週末は休めるところまで仕事を進めると、パタンとPCを閉じる。時刻は6時と14分。電車ももう動いているだろう。

まだまだ起きない小峰さんの近くにアラーム付きの時計をセットする。7時には爆音で目が覚めるはずだ。

「お先に失礼しま～す」

小声で囁《ささや》くとパタン、と事務部屋の扉を閉める。土曜日の静かな早朝は嫌いじゃない。誰一人いないオフィス街を革靴を鳴らしながら歩いていく。

まずは寝て、昼過ぎにフレンチトーストでも作るかと考えながら地下鉄へ続く階段を下りた。


自室の鍵を差し込んでがちゃがちゃと回す。キーホルダーにぶらさがったクラゲともう一つの似た鍵が揺れる。

扉を開けてすぐに違和感に気付く。あいつ、酔ってこっちに帰ってきやがったな……！

黒いパンプスを横目に部屋に入ると今日も今日とて自動で照明がつく。

荷物を置きさっさと手洗いとうがいを済ませて冷蔵庫をチェック、よし、何も漁《あさ》られてない。

眠気が瞼《まぶた》を下に引っ張るが、俺には朝ご飯を食べるという使命がある。

二徹明けの身体《からだ》は重い。大学生の頃は徹夜からの講義なんて芸当もできたが、今はもう無理だ。まぁあの時はうるさい食欲モンスターが近くにいなかったからというのもあるが。

寝室を覗《のぞ》くとぴーぴーと鼻を鳴らして今回の功労者こと泥酔《でいすい》モンスターが眠りこけている。布団《ふとん》を蹴飛ばしているうえにパジャマが着崩れているところから察するに、調子乗って勧められるがまま酒を飲んだんだろう。

別に彼女がお酒に弱い訳ではない、弱い訳ではないがアルコールの魔力というものは不思議なもので、判断力を鈍らせる。

お調子者なあいつは酒が入れば入るほどにさらに酒を飲むのだ。永久機関か？

ここ数時間コーヒーしか口にしておらずお腹《なか》が空《す》いている俺と、この後のそのそと起きてくる二日酔いモンスターの折衷案だ、豚汁でも作るか。

徹夜明けの重い身体《からだ》を叱咤《しった》激励《げきれい》してエプロンを身につける。

冷凍庫を開けて、以前時間がある時にささがきにしたゴボウを取り出す。豚汁と言えばこいつは外せない。ごそごそと奥から里芋を救出するのも忘れない。

後は豚肉か、休日にまとめて買って冷凍しておいたものを解凍する。

残業しすぎで危うく萎《しな》びるところだったニンジンと、上に散らす用のネギをまな板に開ける。

「豚汁なら和食だよな〜」

独りごつと冷蔵庫の中身と睨《にら》み合《あ》いする。あとは焼《や》き鮭《じゃけ》とだし巻きだな。

半月切りにしたニンジン、冷凍里芋、ゴボウのささがきを油を引いた鍋に入れる。野菜は先に炒《いた》めたほうが美味《おい》しい気がするんだよなぁ。

軽く火を通すと豚肉を広げながら投下する。肉にも火が通りそうな頃、だし汁を入れていく。

豚汁を作っている間にキッチン備え付けのグリルに鮭《しゃけ》を二枚並べ、焼いていく。朝から贅沢《ぜいたく》だ。

お椀《わん》に玉子を割り入れると、乾燥しいたけからとった出汁《だし》と薄口醤油《うすくちしょうゆ》、みりんを少量加えて溶いていく。砂糖を入れるか迷ったが、何となくしょっぱめな気分のためやめておく。たまに豚汁を確認しアクをとることも忘れない。

四角い玉子焼き用のフライパンに多めの油を引く。油が足りないと焦げるんだよなぁ。だし巻きは時間との勝負だし。

くるくるっと玉子を巻き上げる。とんとん、と腕を叩《たた》いて成形すると表面に焦げ目のない綺《き》麗《れい》な黄色。

だし巻きをうまく作れた日はなんだか運気も上がる気がする。

グリルから魚の焼けたいい匂い、豚汁に味噌《みそ》を溶かせばもう完成だ。時計を見るとまだ7時台。

寝室から「ん〜〜〜」という間延びした声とごそごそと音が聞こえる。匂いにつられてようやく起きてきたか。

俺はエプロンを外すと寝室へと向かった。

ドアを開けるとそこにはベッドの上でミノムシのように布団《ふとん》にくるまった秋津がいた。目は覚めているのかこちらを見つめている。

「おはよう、有《ゆう》くん」

有くんか、また昔の呼び方を。高校時代は下の名前で呼ばれてたっけ。

「おはよう、秋津。寝ぼけてんのか？」

目をしぱしぱすると徐々に焦点があってくる。

「あれ、なんで私ここで寝てるの？」

「それはこっちが聞きたいわ。人の家に勝手に上がり込みやがって」

「私、昨日……」

「あれだろ、営業の飲み。大方酔って俺の家に来たんだろ毎度毎度本当に」

はっと全てを思い出したのか、秋津が布団《ふとん》の中に埋もれていく。

「おい！　逃がすか！」

素早く掛《か》け布団《ぶとん》を巻きとると、そこにはモコモコのパジャマが。

暑いだろ、もう4月も終わりだぞ。というか俺の家のどこに置いてるんだこのかさばりそうなパジャマ。

「ひ～ど～い！　女の子が寝てるのに！」

「うるせぇここは俺ん家だ！　自分の家に帰って好きなだけ寝てくれ」

なおも秋津は起き上がらずに布団《ふとん》の上でもぞもぞしている。

「何だかんだここの方が落ち着くもん～どう？　一緒に住む？　もう少し大きい部屋借りて」

「なんでお前と住むんだよ」

「経費節約？」

それは否《いな》めないんだよな。固定費が安くなるなら……と考えて頭を振る。別に恋人でもないのになんでこいつと住まにゃならんのだ。

「その手には乗らん。朝ご飯作ってるから食ってから帰るか？」

「ありがと！　いただくわ！　あんたは昨日寝れたの？　私がベッド占拠しちゃってたけど……いつ帰ってきたのか気が付かなかったし」

こいつ地雷踏みやがったな？　額に青筋が浮かんでる気がする。

「今だが。」

「え……？　は？　まじ？」

目をぱっちり開けて秋津が聞き返してくる。

「大マジだ。早く寝たいからさっさと朝飯食って帰ってくれ」

それだけ言い残し朝ご飯の準備に戻る。後ろかららん〜〜〜！　と伸びをする声が聞こえる。

数分後、ダイニングテーブルの上には先程作った品が並んでいた。焼き鮭《じゃけ》にだし巻き、つやつやの白米に具だくさんの豚汁、タッパーに入ったたくあんなどなんとも豪華な朝ご飯である。

俺からしたら夜ご飯だが。

しずしずと手を合わせる。

「「いただきます」」

最初に何を口に運ぶかで性格って出るよな。俺は味が気になる豚汁を啜《すす》った。出汁《だし》が効いているのはもちろん、ほくほくの里芋やサクッとしたゴボウが美味《おい》しい。鼻腔《びこう》を突き抜ける香りは頭にかかった眠気の霧を晴らしていく。

いや今から寝るんだけど。

秋津の方はと言えば、真っ先に箸がだし巻きを目指している。こいつ前からだし巻き好きだよなぁ。

んもんもと咀嚼《そしゃく》するとぱぁっと顔を輝かせる。どっちが美味《おい》しそうに食べるのやら。

「これ美味《おい》しい！　ほんとに美味《おい》しい！　上手《うま》いこと言えないけど出汁《だし》がぎゅっとしてる！」

「おうおうよかった。だし巻きって上手《うま》くできた日は運気が上がる気がするんよな」

そう言いながら俺も黄色い直方体に箸をつける。プルプルと震えただし巻きは、噛《か》んだ瞬間じゅわっと溢《あふ》れてくる。うーん、成功してる、美味《うま》い。

「この鮭《しゃけ》も美味《おい》しい〜和食食べてる時はほんと日本に生まれてよかったって思うわ」

頬を緩ませながらぱくぱくと箸は進んでいく。

こいつもうなんの躊躇《ためら》いもないな。俺の家で俺の作ったご飯をお揃《そろ》いの茶碗《ちゃわん》とお箸で食べてる。

満遍なく食べ進め、ほぼ同時に食べ終わった俺たちは手を合わせる。

「「ごちそうさまでした」」

食器を流しまで運ぶとリビングのソファに倒れ込む。だめだ、お腹《なか》が満たされて眠気が復活した。なんなら先程よりも強い。

遠くで声が聞こえる。

「有くん、ごちそうさまでした。そしてお疲れ様、私のためにありがとね。あとは任せてゆっくり休んで」

妙に安心する声を子守唄に、俺はそのまま意識を手放した。

目が覚めると外は暗かった。ソファで寝てしまったからか身体《からだ》の節々が痛い。ふと身体《からだ》に薄いタオルケットが掛けられていることに気が付く。こういう不意の優しさが彼女の魅力なんだろう。

それはそうとあいつが寝る直前何か言ってた気もするが、あまり思い出せない。

ここからでも休日を満喫しようとスマホを手に取る。あぁそう言えば食器とか片付けとかなきゃな。

キッチンへ足を進めるとそこには綺麗《きれい》に片付けられた食器たち。秋津のやつ、こういうところはほんとに律儀《りちぎ》なんだから。

起き抜け一杯水が飲みたい。そう思って冷蔵庫を開けると見慣れぬ白い箱が。

取り出してみると、中にはいちごのショートケーキが入っていた。

スマホのチャットを確認する。

『お疲れ様、ほーんのお礼よ。美味《おい》しいのは保証するわ』

やはり、というかそれ以外考えられないが、彼女からだった。こういうところがモテて仕事ができる所以《ゆえん》なんだろうな。

しかもよく見ると並ばないと買えない店のやつじゃねーか。

スマホに指を走らせてお礼を言っておく。やっぱり憎めない。

ダイニングテーブルに着いて丁寧にケーキを開封する。大粒のいちごが載ったショートケーキは、部屋の中でも圧倒的な存在感を醸《かも》し出《だ》していた。

スマホがブーッと震える。見れば秋津からメッセージが届いている。

『そういえば食器洗ってて思ったんだけど』

『二人分洗うの面倒だから食洗機買わない？』

ツッコミどころが多すぎる。これはもう同棲《どうせい》してる人間の会話なんだよ。

そもそも二人分洗うのはあいつのせいだし、面倒だからと俺の家に食洗機を増設するのもおかしい。

だがここは返信に気をつけるべきだ。ここでサラッと「なら買ってくれよ」なんて言おうものなら、あいつがここに住むことを認めてしまうし、秋津の給料なら本当に買いかねない。なんなら明日の日曜日にでも。

『洗い物が面倒なのは肯定するが、食洗機は要らないな。一人分しか洗わないし』

『ぶ――。二人分洗うことになるでしょ？　これから』

『断じてならん』

チャットを返しながらも手はフォークに伸びる。ふんわりとしたケーキの生地に厚塗りされたクリーム、甘さの暴力が味覚を襲う。

『あ、それはそうとあんた大型連休はどうするの？』

『高校の同期に飲み誘われたから実家帰るかな、最後二日はこっちに戻ってくる予定』

別に大型連休までこいつと会わなくていいだろう。どうせ会社でも会うんだし。

『りょーかい！』

なにがりょーかいなんだ……。あいつの予定聞くのも怖い。

気持ちを切り替えて大粒のいちごを頬張る。甘さの中にもほんの少しの酸味、いいいちごだ。ゆっくりと噛《か》み締《し》めて堪能《たんのう》する。

せっかくだからと豆を挽《ひ》いて入れたコーヒーを口にする。甘さと苦さがお互いを引き立てる。この良さを知ってしまうと、どちらかしかないと物足りなくなるな。

あいつからのご褒美《ほうび》を時間をかけて味わうと食器を洗う。食洗機か……。

そういえば読みたい新刊が出ていたのに最近は忙しくてご無沙汰だったな。

ソファにクッションを敷くと音楽をかける。クラシックからテクノまで、雑食な俺はいつもランダムに曲を流す。

積読の中から適当に一冊手に取ると、俺はページを開いた。

◆◇◆◇

週が明けて水曜日。普段ならば週の中で一番絶望を味わう日である。

どうして水曜を休みにしないのか。五日間の労働に対して二日の休みは釣り合いが取れないだろうが。

しかし今日の俺は気分がいい。何故《なぜ》ならば事務課で飲み会だからだ。先週金曜日のどデカい案件による残業も落ち着きを見せてきた頃、今日こそは定時で退勤する。

社内カレンダーに事務課の人間が予定を入れるのは珍しいが、今日に限っては縦に五人全員に色がついている。

課長の相澤さんが「水曜日は事務課飲み会、仕事持ってきたらわかってるな?」と他の課に睨《にら》みをきかせていたらしい。聞いた時は思わずガッツポーズしてしまった。

定時直前に営業から帰ってきてそのまま資料をぶん投げてくる輩《やから》のなんと多いことか。相澤さんが以前営業一課二課の課長と飲み（殴り合い）に行ってからはマシになったが……。

営業→事務→企画→経理と流れる処理のうち、事務→企画部分を俺と先輩の小峰さん、あとは別支社の何人かで回してるの本当におかしい。

それを全部チェックしてる相澤さんも相当おかしい。

だが今日に限ってはそれもない。後輩たちも早く18時にならないかと時計をチラチラ見ている。


先週よりも確実に暖かくなった外の風を受けて予約した居酒屋に向かう。

課内の飲み会なんて無礼講もいいところだから上座とか下座とかそういうのはいいよ、なんて相澤さんは言うけど、ここで学ぶと後々楽だってことで。

後輩二人を引き連れて店へ入る。予約していた鹿見です、と伝える。

ふとあの食欲モンスターの顔がチラつくが、今日に限っては大丈夫だろう。なんせ会社からはほど遠い駅にある居酒屋なんだから。

「それでは改めまして。地獄の残業週間、お疲れ様でした！」

いつもは厳しめの相澤さんが満面の笑みで音頭《おんど》を取る。

「乾杯！」

「「「乾杯!!!」」」

俺たち平社員の渾身《こんしん》の乾杯が個室テーブルに響き渡る。

ここはちょっとだけお高い居酒屋である。ちゃんとした所に行こうかと相澤さんに提案したところ、後輩たち二人が気持ちよく飲めるように割と入りやすいところにして欲しい、とのことだった。

やはり人格者は違う。自分の食べたいものをチャットで送り付けてくるだけの人間と器の大きさが違うことを思い知らされる。

さて、目の前に運ばれてきたのはサラダとつきだしの酢の物だった。

体育会系の鈴谷君はせっせとサラダを取り分けている。えらいな。

小峰さんのグラスが空くや否《いな》や春海さんがメニューを見せて注文している。後輩力が高すぎる……。

「今回もお疲れ様、鹿見君」

「ありがとうございます、皆さんのおかげで何とか乗り切れましたね……」

「おい鹿見！　お前この前俺のこと置いて帰っただろ！」

既に顔が赤い小峰さんが乱入してくる。

「いやあれは仕方ないでしょ！　突然先輩寝るんですもん」

「しかも丁寧に爆音の目覚ましまで置いて帰りやがって！」

「あ、やっぱりあれうるさいですよね」

きょとんとしている後輩に、以前あの爆音目覚ましを使った時の動画を見せる。けたたましく鳴り響く目覚ましに彼らはびっくりしている。

ビールを口に運び、蛸《たこ》の酢《す》の物《もの》を一口。うーん酸《す》っぱいものって疲れた身体《からだ》に沁《し》みる。酢と蛸《たこ》だけでも美味《おい》しいのに、食感と味を変えるかのごとくワカメが登場する。このつきだし、メニューにないかな。もう一回食べたい。

宴《うたげ》は進み注文したご飯が運ばれてくる。刺身もぷりっぷりで厚いし、チキン南蛮もタルタルが美味《うま》いのなんのって。今度あいつ連れてくるか。

これはわざわざ家とは逆方向の電車に乗って来る価値がある。

宴《えん》もたけなわ、相澤さんの営業課への愚痴が一通り済んだところでお会計に入る。今日は事務課に割り当てられた親睦会費をつかっていいとのこと、俺たちの財布は痛まない。

それにしても沢山食べて飲んだな……。バインダーに挟まれたレシートを見て思う。小峰さんなんか春海さんに言われるがままずっとおかわりしてたもんな。

さて、お店にお金を払うと個室に戻る。まぁ案の定酷《ひど》い有様《ありさま》だ。

鈴谷君と小峰さんは机で寝息をたてている。小峰さんに関しては言い逃れできないが、鈴谷君はここまでの疲れが出たのだろう。

春海さんも他の人のペースに釣られてかなり飲んでいたからかフラフラである。ぽわぽわとした雰囲気を振りまきながらも、どこか手元がおぼつかない。

相澤さんはと言えば、流石《さすが》である。寝ている二人は放っておきながら春海さんの介抱をしている。

どうしてこうなった……。手を頭に当てる。

「鹿見君、悪いんだけど春海さんを送ってあげてくれない？」

「えっ……女性の相澤さんの方が良くないですか？」

「私はこのバカ二人をタクシーにぶち込んでくわ。家の方向同じだし。春海さんと鹿見君も同じ方向でしょ？　あ、これタクシー代ね」

ひらひらと一万円札を渡されては断れない。

「わかりました。駅でタクシー拾って帰ります」

「それじゃ、今日は幹事ありがとう。この残業週間も鹿見君のおかげで乗り切れたわ、これは本当」

こういうことをそつ無く言ってのける、そしてそれが嫌味に聞こえないところが相澤さんのいいところだ。

「恐縮です……」

「くれぐれも春海さんの家に上がり込んだりしないように！」

それだけ言い残すと二人を叩《たた》き起《お》こした相澤さんは、出口へと進んで行った。

店から出た俺はフラフラの春海さんをなんとか支えながら駅へ向かう。長いポニーテールが本物の尻尾みたいに揺れている。

「わたし～鹿見先輩のこと尊敬してるんですよ～」

彼女から出ているぽわぽわの雰囲気は収まらない。

「いつも私と鈴谷君のこと気にかけてくれますし、今日だってこうやって、っと、」

倒れそうになる彼女の腕を掴《つか》んで引き寄せる。一瞬顔が近くなり目が合う。綺麗《きれい》なブラウンだ、なんて呑気《のんき》なことを考えている暇はない。

すぐに身体《からだ》を離すと道を先導する。

「鹿見先輩って彼女さんとかいるんですか～？」

「いや、いないよ」

「学生時代とかはいなかったんですか？」

「まぁ昔いたことはあるけど、当分はいないかな」

彼女か。今は食欲モンスターの世話があるしな。こういう話の時、あいつが頭に浮かんできてしまうのを認めたくない。

ポケットでスマホが震える。恐らく大型連休に一緒に飲む学生時代の友人だろう。店やメンツでも決まったか。

「ほら春海さん、そろそろ駅だしタクシー探すよ」

「えへへ、そうですね～また飲みに行きましょうね～」

「そうだね。また忙しくない時に行こう」

「約束ですよ～言質《げんち》、とりましたから！」

そう言うと彼女の焦点が定まり始める。歩き方も心なしかしっかりしている。

時刻は21時、水曜日とはいえ駅前には人が多い。キャッチのお兄様方からの誘いを断りつつもタクシー停留所に足を進める。

「そういえば鹿見さんって私と家近いんですか？」

「いや、別に近くないけど方向は一緒らしい。さっき課長に聞いた」

「そうなんですね～！　今度遊びに行ってもいいですか？」

「あ～～……。」

「あれ、誰かと一緒に住んでらっしゃるんです？　あ、ペットとか？」

「ん～……まぁどっちも半分正解で半分ハズレかな」

これ以上は何も答えられないな、と思っているところにちょうどタクシーが。

運転席に向かって会釈《えしゃく》し、手を上げる。少し勢いよくドアが開く。

「ほら、春海さん。家の場所伝えといで」

ポニーテールな後輩を促す。行き先を告げた彼女は後部座席に戻ってきた。別に前に座ればいいのに。

タクシーは夜の街を進む。線路と並走するよりも一本中に入った方が早いのか、周りの明かりは少なくなっていく。

隣を見るとすーっと寝息をたてて春海さんが寝ている。これ着いたら起こさなきゃか。

相澤さんに連絡しとくかとスマホを開くとメッセージが。

『帰ってきたら話があります。』

どことなく怒りを含んだメッセージを送ってきたのはご存じ秋津である。なんかしたっけ？

そう考えているとポコンッとさらにメッセージが。

『やっぱり鹿見くんってポニテ好き？』

あぁこれ、どこかで春海さんと歩いているの見られたか……？　なんだやっぱりって。

というかなんでこんな数駅離れた場所にいるんだよあいつ。

秋津からのメッセージを無視して相澤さんにチャットを送る。

『今日はありがとうございました。なんとか駅でタクシー拾って、今春海さんの家に向かっています。』

『お疲れ様、こっちはもう二人を送り届けたわ。それじゃあまた明日、おやすみなさい。』

スタンプを送ってスマホを閉じる。明日は朝申し訳なさそうな顔をした鈴谷君を見ることになるんだろうなぁ。

徐々にスピードを落としてタクシーが停車する。一応マンションの入口前まで送りまた明日、と挨拶をして再びタクシーに乗り込む。

自分の住むマンションから一番近いコンビニを行先《いきさき》として伝えて、後部座席にもたれる。

恐らくここからだと15分もかからないだろう。仮眠をと俺は目を閉じた。

先程ドアを開けたせいか、車内には春の匂いが舞っていた。

なんとか自分の家に帰ってくると、案の定玄関に揃《そろ》えられたパンプスが目に入る。なぜ合鍵を渡してしまったんだ。

学生時代よりもお金はあるはずなのに自由がない。

リビングに入るとクッションをむぎゅっと抱きしめた秋津が座っていた。

「被告、鹿見くん。何か弁解はありますか」

「なーにが被告だよ。意味のわからんチャットを送って来やがって」

鞄《かばん》をその辺に置くとジャケットを脱ぐ。ハンガーを手に取り服をかけていると、パジャマ姿の秋津がこちらへ近寄ってきた。

「待って、ネクタイは私が」

そう言って俺の首元に手を持ってくると丁寧な動作でネクタイを外す。

淡く塗られたネイル、次いで細い腕、最後に顔が見える。やっぱり何回見ても顔はいいんだよな。

「はい、できた！　それでは裁判を始めます」

床に敷かれたクッションをビシッと指差す。ここに座れということなのか。

正座になるのも癪《しゃく》なので胡座《あぐら》を組む。

「罪状はポニーテールのかわいい後輩とイチャついたことです！　私というスーパー美人がい

ながらに！」

「全部違うわ。イチャついてないしお前とは付き合ってないだろ」

「む〜〜！　そうだけど！　やっぱり年下の黒髪でかわいい子がいいんでしょ！」

「春海さんがかわいいことは認めるけど、そんなんじゃないって」

「ほら！　かわいいって！　やっぱり後輩がいいんだ!!」

「そういうんじゃないって。酔って帰るの大変そうだから送ってっただけだって。相澤さんにも言われたし」

ここでお前のほうがかわいいと言える口は俺にはない。

代わりと言ってはなんだが、コンビニの袋から先程買ったあれを献上する。

「わぁ新発売のシュークリーム！」

目をキラキラと輝かせた彼女は俺の手から光速でシュークリームをもぎ取る。

おい、潰れるだろうが。

「私これ食べたかったのよね」

「んじゃ、そういうことで。俺はシャワー浴びて寝るからお前もそれ食べたら帰れよ」

「ちょっと待ちなさい、私へのお詫《わ》びを買ってきたってことは申し訳ないと思ってるってことよね」

「なんかよくわからんモンスターの怒りに触れたからお供え物を買ってきただけだ」

「だれがモンスターよ！　まぁこのシュークリーム食べたかったし今回は許してあげるわ。ほら、一緒に食べましょ。半分こしたげるから」

「いや、俺自分のは冷蔵庫に入れてきたからあるんよ」

「ほんっとかわいくないわねあんた……。」


きゅきゅっと音を響かせて風呂《ふろ》から上がる。日中暖かくなったとはいえ夜はまだ冷えるな。

リビングに戻ると秋津はソファでむにゃむにゃ言っていた。さっきは勢いに負けて何も言わなかったけどこいつなんでパジャマなんだ。

ほっぺたをつんつんしていると次第に目が開く。

どうしてこいつは警戒心がないんだろうか。それを許す俺も俺だが。

「今日泊まってく……。」

「わかったわかった。明日も仕事だろ？　ベッドで寝ろよ」

「うん、ありがと」

眠気で少し幼くなったこいつはちょっとかわいい。普段のビシッとスーツで決めた姿を見ているがゆえ、そのギャップは大きい。

こしこしと目をかきながら寝室へと向かう秋津を見送ると、俺もソファへ身体《からだ》を横たえる。

さっきまであいつが寝ていたからか、その残滓《ざんし》が離れない。普段は少し離れた距離から香る甘い匂いも、今はダイレクトに鼻を通り抜けていく。寝起きの温かい体温が残るソファに居続けるのも、すぐ近くに彼女がいるかのようで自分の心臓の音がやけに大きく聞こえる。

これは寝れねぇな……。長期戦を覚悟しながら、俺は目を閉じるのだった。

◆◇◆◇

さて今は金曜日の朝、俺はフライパンと対面していた。

現在時刻は6時と30分。なぜ普段より早起きして朝ご飯を作っているのかというと、今日から休みだからだ。金曜日なのに休んでいいんですか……？

大型連休の初日、スタートダッシュを切るためにわざわざ早起きして朝ご飯を食べようと思う。

今日は秋津も朝には来ないはず。というのも昨日は営業課の仲良い同期と飲みに行くとチャットが来ていたからだ。業務中に社内チャットでそんなことを送ってくるな。

冷蔵庫から玉子を取り出すとボウルに割っていく。最近は値段が高騰してもはや高級食材となりつつある玉子をふんだんに使っていく。

味付けは塩コショウだけ。トースターに食パンをセットするのも忘れない。

俺が住むマンションの近くにはとんでもなく美味《おい》しいパン屋さんがある。残業まみれの俺をもってしても食パンの回数券を買ってしまうほどには美味《おい》しい。

あ、パンも無くなるし実家から帰ってくる時に買ってこよう。

温めたフライパンの上で油が跳ねる。火の勢いを落とすと卵液を一気に流し込む。

はじめはスクランブルエッグを作る要領でフライパンに箸を滑らせる。静かな休日の朝にフライパンを回す音が響く。

なんで玉子ってこんなに美味《おい》しそうなんだろう、いや実際美味《おい》しいんだけど。

少し固まり始めたら縁からはがし、奥側に寄せていく。そのまま少し待ってフライパンの丸みを使って形を整える。

最後に箸を支えにしてひっくり返せばオムレツの完成だ。ツヤツヤと輝きを放つ黄金色のそれを見るとごくっと唾を飲みこまざるを得ない。

ちょうどパンも焼けたところだ。平皿にパンとオムレツを盛り付けるとダイニングテーブルに運ぶ。おっと冷蔵庫からジャムを取り出すのも忘れない。

「いただきます」

一人で手を合わせる。オムレツにケチャップをかけると、先程玉子を巻くのに使っていた箸で割る。洗い物なんて少ない方がいいに決まってる。

中は少し固めの半熟、玉子本来の甘みにケチャップの酸味がよく合う。

ブルーベリージャムの蓋を開ける。パンを一口分ちぎるとスプーンでジャムをこんもり塗っていく。ブルーベリーって青いのに甘いの、なんか騙《だま》された気になるな。

そんなことを考えながらパンを口にする。やはりあのパン屋は最高だ。

このジャムも相澤さんが家族旅行のお土産でくれたものだ。実家に帰省するし事務課にも何か買ってこよう。

ゆっくりと朝ご飯を堪能《たんのう》すると、俺は新幹線で帰省すべく鞄《かばん》に荷物を詰め始めるのだった。

◆◇◆◇

帰省二日目。昨日は実家のねこ様と戯《たわむ》れていたら一日が終わってしまった。

ねこって時間を溶かす魔法でも使えるんじゃないだろうか。

なぜか妹に秋津のことについて聞かれたけど、何だったんだあれは。というかどうして俺とあいつが同じ会社で働いていると知ってるのか。言ってないよな？　俺。


「おう、久しぶり」

集合場所に行くと高校時代からの友人、井波《いなみ》が声をかけてくる。

「久しぶり、去年の夏ぶりか？」

「そうだな、あれから会ってないのか。……あ！」

何かに気が付いたのか井波がこちらを見て手を合わせる。

「すまん鹿見。直前に言うことじゃないんだが……」

何やら言《い》い淀《よど》んでいる、なんだ。まずいことでもあるのか。

「元々男三、四人で飲む予定だったが、それを聞きつけたクラスの女性陣何人かが合流することになったんだよ……元々女子は女子で飲む予定だったらしくてさ」

「なんだそんなことか、全然構わん。久しぶりに会う人もいるしな」

ほっとしたのか井波は俺を手招きしながら店へと入った。

連れてこられたのは藁《わら》焼《や》き居酒屋。チョイスが渋すぎる……。

前まではちょっと高級なワインの店だったり、逆に300円出せば一品食べられるカジュアルな鳥さんの貴族の店だったり、はたまたパスタの種類が無限通りあるイタリアンだったりしたのに……。

またああいう店にも行きたいな。

とりあえず男衆が先に来ているようで四人でテーブルに着く。元々このメンツで飲む予定だったんだ、と息巻いてビールを四つ注文する。

ビールと同時に運ばれてきたのは藁《わら》焼《や》き枝豆。

人生で食べたことは数回あるかどうか。それはそうだろう。藁《わら》焼《や》き居酒屋なんてそうそうない上、家でするにもコストがかかりすぎる。

見た目は黒焦げだが中の豆はツヤツヤと鈍く光っていた。ぱくっと一口、普通の枝豆のみずみずしさや塩っけは無いものの、香ばしい野菜本来の旨《うま》みが広がる。

これは……！　これはビールが進む。井波を含めた三人も同じなようで、無心で枝豆をついては金色の液体を喉に流し込んでいる。

一瞬で空いたグラスを見回し笑う。やってることが学生なんだよな。

さっさとメインでも頼むかとカツオやチキンを注文する。

最近の話や結婚した同期の話、学生時代の話に花を咲かせる。

「そういえばお前ら彼女いんの？　結婚してないけど」

唯一の妻帯者である井波が話を振る。というか井波の奥様は俺たちにとっても高校の同期だ。高校時代に付き合ってそのまま大学卒業後直《す》ぐに結婚した。

こいつらとは高校を卒業してからも年に一、二回は会う間柄である。そういう話をしないことのほうが多いため、井波以外の話も聞いておきたい。

「いや、俺はいないな。そろそろ婚活でもするか」

茶髪の西崎《にしざき》が話す。こいつは某大手医療機器メーカーのエンジニアをしている。うちとはレベルの違う企業だが、残業時間は俺とトントンらしい。

こんなところで張り合いたくねぇよ……。

「俺はいるぞ。というかこの前婚約した」

ふぅー！　と声が上がる、というか言えよ。こいつは瀬野《せの》。某県庁に務める公務員だ。

言えよ～と野次が飛ぶ。

「すまんすまん、二ヶ月くらい前くらいにな。今日言おうと思ってたんだよ」

「なら許す！　結婚式は呼べよ！」

勝手に井波が許可を出す。まぁ許すが。

「そういえば鹿見は？　大学時代は彼女いたよな？」

「あぁ、まぁでもそれっきりだなぁ。今は仕事忙しいし」

「俺たちももう27だしそろそろ俺と一緒に婚活しとくか？」

茶化すように西崎が笑う。やめろ、お前とは年収が天地の差なんだよ。

「そういえば鹿見、秋津さんは？　高校の時仲良かっただろ？」

なぜこんな時まであいつの名前が出るんだ。

「あ～秋津な、大学時代はほとんど会ってないからなぁ」

嘘《うそ》では無い。大学時代はほとんど顔を合わせなかったのだ。今はほぼ毎日見ているが。

「高校の時は皆の人気者だったよな。今は何してるんだろうなぁ」

瀬野のつぶやきに井波が気まずそうに目をそらす。

理由を問いつめようとした時、いつものあの声が聞こえる。

「みんな久しぶり！　元気してた？」

そんな気はしてたよ。なーにが「りょーかい！」だ。

バッチリ私服を来てメイクしている、よそ行きの秋津がそこにはいた。

彼女の後ろからゆっくりと二人歩いてくるのが見える。

「久しぶり、大槻《おおつき》さんと……あ、今はもう井波さんか」

秋津のことは置いといて、二人に挨拶する。

「久しぶり、鹿見君。元気してた？　前結婚式であった時よりげっそりしてない？」

「してるよな！　俺も思った」

井波夫妻に煽《あお》られる。覚えとけよお前ら。

今回合流してきたのは井波さん、大槻さん、そして秋津の三人である。秋津を含めるのは癪《しゃく》だが三人とも目を引く美人である。

話を聞くところによると、三人は昼過ぎから一緒に遊んでいるらしい。井波から飲みの情報を聞きつけた奥さんが秋津と大槻さんを誘ったとのこと。

確かに三人でよく一緒にいるのを見た気がする。

井波夫妻は隣に、大槻さんは俺と瀬野の間に、そして秋津は俺の前に座った。

席に着いたのを見計らったのか店員さんが注文をとりに来てくれる。

驚くことに三人ともビールとのこと。

「ちょっと暑かったしね」

クール系の大槻さんがにこやかに話し出す。最近はフリーランスのＷｅｂデザイナーとして働いているらしい。

「毎日在宅とかカフェで作業できるのはいいけど、人と話す機会は減ったわ。そういえば西崎君もＷｅｂ系だっけ」

「いや、どっちかと言うとハードにぶち込む方だな」

「そっちはそっちで大変そうね……チームでしょうし」

俺たちには皆目見当もつかない会話が繰り広げられている……くそ、俺の会話デッキじゃ付け入る隙がない。

「瀬野、お前結婚式いつなんだよ」

「多分今年の冬だな。日付確定して呼べるようになったらまた連絡する」

そうか、冬か。残業ないといいが……。それもこれもうちの営業にかかってるな。

女性陣のビールと共に運ばれてきたのは、カツオのたたきだった。

乾杯するや否《いな》や俺と秋津はカツオに箸を向ける。

ぱくっと一口、カツオの皮目が炙《あぶ》られて香ばしい匂いを発している。

魚の脂が酒を促進する。何もつけなくても美味《おい》しいのに、自家製醤油《しょうゆ》なんて付けようものなら白米が欲しくなってしまう。

「お前ら、同じ顔して食べるよな。夫婦かよ」

井波に指摘されて秋津と顔を見合わせる。

まぁあれだけ一緒にご飯を食べていたらこうもなるか。認めたくは無いが。

「有くん、私日本酒飲みたい」

こいつ……。面の皮が厚すぎる。今日は高校同期の前だからか。会社では絶対そんなこと言わないくせに。

「わかった、他にも飲むやついるか？」

ちらほらと手が上がる。やっぱこのカツオ食べたらそうなるよな。

運ばれてきたお猪口《ちょこ》に日本酒を注ぎあい乾杯、ひと口をきゅっと飲み干す。

舌の上が痺《しび》れる辛《から》さの後に旨味《うまみ》が喉を通り過ぎていく。すかさずカツオを摘む。

日本でとれた魚が日本酒と合わないわけが無いのだ。日本酒とカツオの藁焼《わらや》き、これもう広義の寿司《すし》だろ。

ここまで日本酒を飲んでから2秒、頭の中で美味《おい》しさが駆け抜けていく。

……酔いが回ってきたのか、身体《からだ》がぽかぽかしてくる。

ここまで来てまだ枝豆とカツオしか食べてないのにこの満足感。歳《とし》とったな。

だがしかしメインとばかりにチキンの藁焼《わらや》きとチキン南蛮が運ばれてくる。重いて。

だが腹は正直で、自然と手が伸びる。すると向かいからもう一つの箸がチキン南蛮を狙っているのが見える。

「おいひより、それは俺のだろ」

「私のですけど。有くんは藁焼《わらや》き食べなよ」

「今は南蛮な気分なんだよ」

多少いざこざはありながらも話は学生時代へ。そういえばあの人はどうしてる、とか結婚したらしいとか。

久しぶりにあの頃に戻れた気がする。卒業から約十年、こうやって毎年集まって顔を見せてくれるのもありがたい話だ。ひよりがいたのは予想外だったが。

酔いも回りに回っていい時間、外に出ると西崎が煙草《たばこ》を吸っていた。

「楽しかったな」

横に並ぶと俺は話しかける。

「あぁ、昔みたいだ。なんと言っても井波を見てると結婚したくなる。あのカップルが結婚だなんてえらく時間も経《た》ったもんだ」

「ほんとにな」

彼は口から煙を吐くと煙草《たばこ》を灰皿に押し込む。

「鹿見は相変わらず秋津さんと仲良かったな。それも昔を見てるみたいだった」

「そうか？　いつも通りだけどな」

「俺はまだ飲めるし大槻でも誘って2件目行くかな、鹿見も来るか？」

「いや、今回はやめとくよ。荷物も増えたしな」

俺たちは揃《そろ》って入口を見る。酔ってにこにこフラフラとしているひよりがこちらへ向かってくる。

西崎は合点《がてん》がいったと俺に手を振ると、店から一緒に出てきた大槻さんに声をかけに行った。

また少し気温が上がった街を歩く。最寄り駅までは全員一緒だったが、改札を出て解散した。井波夫妻と瀬野はそのまま帰宅、西崎と大槻さんは二次会へ、そして俺はこの泥酔《でいすい》モンスターを家まで送り届けるというわけだ。

こいついつも酒に酔ってないか？

高校時代よく通った道を歩く。あ、あの店無くなって違う店になってるじゃん。

秋津のペースに合わせてゆっくりと歩く。電車に乗ると酔いが醒《さ》めたな。公共スペースに出るとちゃんとしないと、と思ってしまうのは社会の奴隷の性か。

「秋津、歩けるか。水もあるぞ」

「あるける……やだ、ひよりって呼んでよ。今日はさ」

「はいはい」

フラフラだが何が楽しいのかにっこりしている秋津を支える。

「有くんは私の家まで来るのー？　えっち」

「うるさいお守りだお守り。こんなんじゃ一人で帰れないだろ。タクシー呼ぶか？」

「んーん、そんなに遠くないし。お父さんとお母さんに挨拶してく？　結婚の」

歩道橋を渡る。こいつはまた寝ぼけてんのか。

「夢でも見てんのか。結婚はしないが、挨拶はしていく。会うの久しぶりだしな」

「えへへ、泊まってってもいいんだよ」

「泊まらんわ。というかお前あっちで既に俺たちと飲むこと知ってたな？」

「なんのことかわかんないにゃ～」

彼女は鳴らない口笛をひゅーひゅーしながらそっぽを向く。

不意に何かがちょんっと小指をかすめる。明後日《あさって》の方向を向いたはずの彼女の手が俺の手をつかもうとして空を切った。しかたない、酒も入ってるしな。

行き場を失った彼女の手を自分の手で包み込む。

「鹿見くん、あっ、有くん。この前後輩といちゃいちゃしてた罰なんだけど」

「おい待てお前もう酔い醒《さ》めてるだろ！　自分で歩け！　というか罰ってなんだ。罪を犯してすらいないんだが」

「細かいことは置いといて～」

こいつは俺の手を離さない。ぬるい風が頬を撫《な》でる。

「夏にお休み合わせて旅行いかない？」

「それは罰じゃなくてご褒美《ほうび》だろ」

「えっ……？　んん……！　まぁ有くんがそう言うならそれでもいいけど……」

どんどん声が小さくなっていく秋津を引っ張り角を曲がる。

「ほら家着いたぞ、ひより。今日も美味《おい》しくて楽しかったな」

しがみついた手を丁寧にはがしていく。秋津家のインターホンを押す直前、こいつの顔にかかった髪を耳にかけ、少しだけ目線を合わせる。

相変わらず綺麗《きれい》な瞳を見て、少し頬が熱くなってくる。やっぱり酔っているんだろうか。否《いや》が応《おう》でもみずみずしいぷるんとした唇に目が吸い寄せられるが、鋼鉄の理性で封じ込める。

どちらも言葉を発さずに時間だけが過ぎ去っていく。

彼女のうるんだ瞳が近づいて来るも、唇に自分の人差し指を添えるにとどまった。

「あ、、」

刹那、ピンポーンと昔よく聞いていた音が鳴る。

ガチャリ、と開いたドアからは人の良さそうな秋津パパが顔をのぞかせる。
二、三と言葉を交わすとおやすみの挨拶をして秋津家をあとにした。
ごめんな秋津、今はこれが限界だわ。

首あたりの血管から響く心臓のリズムは早い。熱くなった頬を撫《な》でる風は、さっきより冷たい。

少しゆっくり帰るか。

赤い顔を冷ますよう、実家への道を進んでいく。心なしか歩く速度は、あいつと同じくらいな気がした。

◆◇◆◇

さて6月初旬の火曜日。俺は会議室で目をかっぴらいて手元のタブレットを見ていた。俺の目の前には営業一課と二課の面々が勢揃《せいぞろ》いしていた。

先日の2大案件が無事受注になったものの、社内で同時に規模の大きい2案件を進める準備ができているかと言えば、そんなわけが無い。営業課のとってきた案件に対して企画の中身を詰めて先方と調整もしなければならないうえに、時間や予算といった実際にかかるコストをシミュレーションして経理や社内上層部と調整も必要だ。

来年本格的に始まるこの案件、一つはアート系のイベントにおける空間演出、もう一つは某大手企業が自社オフィスとしてビルを建てる際のオフィスコーディネートである。

ただしアートイベントとオフィスコーディネート、着手時期に差があるのが幸いか。というか同時期だったら事務課の人間が今の倍はいるところだ。

「というわけで、配布した資料にも記載しているが一ヶ月後に営業課全体で社内コンペを行う。」

営業一課の課長の言葉が響くとざわざわしていた会議室は水を打ったように静まった。

そう、オフィスコーディネートの案件については、まだ詳細まで決まっていない。トップダウンで上層部が決めるかと思えば、まさかの社内コンペ。

チームを組んで提案するもよし、一人で企画書を書き上げて提案するもよし、予算内であれば知人友人を外部協力として起用するもよし、なんでもありとのこと。

これ、一ヶ月ってのがミソだよなぁ〜。できることが知れてる。

社内コンペは営業課内で行われる。そして審査するのは営業課の課長、各課から推薦された職員、そして幹部である。

事務課からはなぜか相澤課長と俺が参加である。なぜ小峰さんではないのかと聞いたところ、

「そろそろあなたも実績作りなさい」とのお達しだった。やらねば。

その話をしていた時、相澤さんの後ろでガッツポーズをしていた小峰さんさえ目に入らなければ、もっとやる気にもなったんだが。

営業課長の話は進んでいく。公には言わないが、もちろんボーナス査定の基準項目にもなるとのこと。

お金はもちろん大切だが、社運をかけたプロジェクトである。関わりたい人は多いだろうな。

俺たち事務、それと経理の面々としては仕事量が倍増どころの話ではないため、目を見合わ

せて小さくため息をつく。やはり経理とは仲良くやれそうだ。

今回、秋津はコンペに不参加が確定している。結局あいつはもう一つのアートイベントの案件を取ってきたからか、そちらへの参加が確定しているとのこと。

社内チャットでメッセージが飛んでくる。

『ひま〜〜私別の仕事したい〜〜どうせコンペでないし』

あいつ、一番後ろに座って何やら仕事してるかと思いきや暇なのかよ。

『みんなやる気なんだから水差すな、静かにしとけ』

窘《たしな》めるよう返信する。というか俺も審査側だから話を聞かせてくれ。後で共有はされるだろうが。

『(ひ・ω・ま)』

『遊ぶな』

『あ、今週末この前行ったパスタ屋さん、夜に行かない？　夜のメニューもよさげだったし』

『わかった、予約取っとく。誰か他誘うか？』

『んーん、二人でいいかな。』

『りょ』

ギラギラした営業課の空気に辟易《へきえき》としながらも会議は進んでいく。

時刻は11時20分、そろそろお腹《なか》も空《す》いてきた。今日は自席で食べることにしている。

というのも珍しく弁当を作ってきたのだ。というか昨日の残りを詰めてきた。今日はこの会議が終わり次第やっとお昼にありつけるか、なんて考えながら再び資料に目を落とした。

無事会議も終わって伸びをしながら部屋を出る。3時間以上の会議は身体《からだ》に毒である。

踊ってばかりで進まない会議ほど無益なものはない。

「鹿見くん、ちょっといいかしら」

「鹿見、ちょっといいか？」

外行きモードの秋津と、珍しく営業一課の加古《かこ》が話しかけてくる。こいつは俗に言うイケメン、しかも性格がいいタイプのイケメンだ。

とまぁ僻《ひが》んだように言ってみるものの、こいつも俺と秋津の同期であり、そして秋津とトップ争いをしている一人である。

最近確保された大手ショッピングモールの家具販路なんかはこいつのおかげだ。

「お、久しぶりだな加古」

「私のは大した用事じゃないから後でチャットするわ」

「申し訳ない秋津さん」

ひらひらと手を振りエレベーターホールに消えていく秋津。本当に大した用事じゃないだろ、どうせパスタの話なんだから。

「悪いことしたな、実は折り入って相談があって」

「本当に珍しいな。お前いつも事務課の期限も守るしなんでも聞くぞ」

「判断基準そこなのかよ……営業課ほぼ全滅じゃねぇか」

「おう、ほぼ壊滅だな。伝えといてくれ、相澤さんが言ってたって」

「ひぇえ、こえぇ」

「それで相談ってのは？　あんまし大声で言えないやつか？」

「まぁ別にいいんだが……久しぶりに飲みにでも行かないか」

加古が頭を掻きながら眉を下げる。こいつ何してもイケメンだな。

「週末は埋まってしまったから来週頭とかどうだ？」

加古も後30分早く誘ってくれれば空いてたのに。

「よし、じゃあ週明けで悪いが月曜の夜にしよう」

トントン拍子で飲みの予定が形成されていく。二、三店の候補や時間なんかを決めると彼もエレベーターホールへ消えていった。

そういや他人の昼ご飯も気になるな……今度書類の催促するついでに営業課のお昼ご飯も視察しよう。

会議室の片付けを手伝うと、俺も自分の巣こと事務部屋に向かった。

事務課では後輩の鈴谷君と春海さんがお昼をとっているところだった。

「俺もおじゃましていい？」

「「ぜひ！　一緒に食べましょう！」」

なんでこんなにシンクロするんだ。

鞄《かばん》から弁当箱を取り出すと、俺も席に着いた。

お弁当箱は宝箱、誰が言ったのだろうか。本当にそうだと思う。子供の頃に遠足に行った先で開ける弁当箱のワクワク感といったらそりゃあもう。

シックな飾り気のない弁当を開く。カラフルなおかずたちが顔をのぞかせると嬉《うれ》しくなる。

自分で作ったとはいえ、冷凍食品がたくさん入っているとはいえ、やはりテンションがあがる。

どれから食べようか。やっぱり肉々しい甘辛ミートボールだろうか。今朝焼き上げた少し失敗した玉子焼きだろうか。はたまた彩《いろど》りに一役買っているプチトマトだろうか。

ここは冷凍のチーズハンバーグを一口。うーん、美味《うま》い。現代の技術に完敗だ。

焼きたての肉汁こそ出ないものの、噛《か》めば噛《か》むほど肉の旨《うま》みが口を支配する。

付け合せのブロッコリーも、汁を吸って準備万端だ。

味の濃い宝石たちで食べる白米も格別。しかも今日はなんと秘密兵器ことふりかけを持ってきている。

さらさらと白い海に降り注ぐカラフルな雨は、弁当の格を上げる。

一人でもぐもぐと満喫していると、後輩たちが物欲しそうに見ている。

「お、鈴谷君。何が欲しい？」

「えっ……！　いいんですか！　先輩の貴重なお昼ご飯なのに」

「おうとも。弁当はやっぱ交換しないとな～」

「じゃ、じゃあ僕はそのナポリタンを少しだけいただいていいですか……！　僕のからあげサンと交換しましょう！」

「そんなメイン級貰《もら》っちゃっていいの？」

「全然足りないくらいです！　ありがとうございます！」

鈴谷君も美味《おい》しそうに食べるな……。うちの食欲モンスターには勝てんが。そういやあいつ、最近昼はどうしてるんだろうか。

「鹿見さん、私もいいですか？」

「春海さんもか、どれにするよ」

「先輩が作られたのはどれですか？」

「うーん、失敗しちゃったけど玉子焼きかな」

「ではそれを！　……これが鹿見さん家の味……！」

「んな大袈裟《おおげさ》な」

切り分けた玉子焼きを差し出す。春海さんはそれを更に小さくすると、丁寧に口へ運んでいく。

どこぞの令嬢かと思う所作だと、俺の玉子焼きが場違いに見えるな。

まぁにこにこと美味《おい》しそうに食べてくれたら作り甲斐《がい》があるってもんよ。

社内チャットの通知がＰＣの右下に映る。

『今良くない気配を感じたわ。被告鹿見くん、弁解の準備をしときなさい』

無視するのが吉だが後が怖いし返信しとくか。

『何も無いから弁解も無いな』

『うーん、確かに今私の浮気《うわき》センサーが反応したんだけどな』

『浮気《うわき》もなにもないわ。仕事しろ』

『(了・ω・解)』

昼休みは過ぎていく。忙しさの中にあっても、この時間だけは死守しないとな。

これから夜にかけての業務量を思い起こしてげんなりしながら、俺は弁当箱を閉じた。

◆　◇　◆　◇

隣駅の昇降口を出るとぬるい夜風が俺を迎えてくる。蒸し暑さはないものの、ひんやりとした風の面影はもうどこにも無かった。

店の近くであいつを待つ。今日も商談だっけか。

週末ということもあって、駅前に人通りは多い。早く家に帰りたい社畜たちとゆっくり歩きたいカップルの攻防が繰り広げられていく。

「待たせちゃったわね」

緩く髪を巻いた秋津がこちらへと歩いてくる。今日は珍しくスーツではなく、私服だった。

「いや、俺も今来たとこだ」

「あ、これってデートみたいじゃない？」

黙ってればクール系の美人なのに話すとこれである。まぁこれはこれで……ってなんでもない。

「デートだろうが。二人で会うってお前が言ったんだから」

「え、鹿見くんもそう思ってくれるんだ～」

口では勝てないことが学生時代からわかっているので、ここからもう反論はすまい。

「ほら予約してんだから行くぞ」

「は～い！　今日は何食べよ～前はカルボナーラだったし」

路地を抜けてステンドグラスが張られたドアを目指す。

あの店は今日も今日とてカランカラン、と小気味のいい音で俺たちを迎えてくれる。

せっかく予約だからと、奥にある庭に面した席に通される。すごい、こんな都会の真ん中で自然豊かな庭が見られるとは。

「ねー、ここほんとにいいよね。お庭も綺麗《きれい》だし」

「そうだな、オフィス街で花を見られるとは思ってもなかった」

食欲モンスター様も草花は好きらしい。

前回の反省を活《い》かして、今日はカジュアルなパスタコースを頼むことにした。後はワインを少し。

銀色の食器に映る秋津もやはり顔がいい。そんなことを思ってしまうのも……ってなんでもない。

仕事の話をしつつ水で口を潤していると、運ばれてきたのはマルゲリータ。

焼きたてを主張するかのように表面のチーズがポコポコしている。湯気と共に届けられた匂いに、俺と秋津は顔を見合わせる。

「はやく、はやくたべよ！」

「まてまて、俺も我慢できん」

一緒に置いてくれたピザカッターでマルゲリータを切り分けていく。走る円盤にひっかかるチーズさえ今は振り切りたい。

とりわけると手に持ちすぐに口へ運ぶ。口いっぱいに広がるトマトの酸味。今畑の中でトマトに囲まれてるかと思うほどだ。

薄い生地のパリッとした食感を歯が捉えたかと思えば、次の瞬間にはもちもちのチーズの波が来る。絶品である。

少しの残業で疲れた身体《からだ》にピザが染《し》み渡《わた》る。向かいに座る秋津も、リスのように頬を膨らませてピザを口に押し込んでいた。

「う、う、うま〜〜！」

それだけ言うと、彼女の手はグラスへ。赤ワインが注がれたグラスをぐいっとあおる。

はぁ、と嘆息するとこちらを見つめて瞬《まばた》き。

「これ、やばいわ……。身体《からだ》がイタリアに飛んだわよ」

「んな訳あるか、と言いたいところだが同感だ。窯で焼きたてのピザってこんなに美味《おい》しいのか」

「ねーやっぱ私の目に狂いはなかったでしょ〜」

ふふんっと鼻を鳴らす彼女にやられた感はあるが、実際間違ってない。

得意げな顔をしながらも、秋津はもっくもっくとマルゲリータを口に運んでいる。

最初は満月のようにまんまるだったピザも残り1／4程になった頃、サラダと共にパスタが運ばれてくる。

少し顔を赤くした秋津は追加でワインを注文する。

「なぁ、お前ペース早くない？」

「良《い》いのよ今日は。あんた以外誰もいないし」

これ悪酔いの流れじゃねーか。

「世話するの俺なんだからゆっくりにしてくれよ」

「それは私と長い間一緒にいたいってことであってる？」

ほろ酔いの彼女はいつにもまして口が回る。あぁ言えばこう言う。

「はいはい、もうそれでいいから泥酔《でいすい》だけはやめてくれ」

「あ、いまめんどくさいって思ったわね！」

あ、本当に面倒なことになってきたな。

彼女の白くて長い人差し指が伸びてきて俺の頰を突く。この歳《とし》でほっぺたを触られるなんて思ってもみなかった。

思えば最近は彼女に触れられることも多くなった。

「悪かったって、な？　俺もゆっくり飲むしデザートまで食べるからさ」

「む〜。なんかごまかされた気もするけどいいでしょう！」

もろ手を挙げて降参すれば、俺の大切な頰も解放される。

まぁ、別に嫌なわけじゃ……というかむしろ。俺もアルコールにやられているんだろうか。

機嫌がいいのか悪いのか、注がれたワインはどんどんその嵩《かさ》を減らしている。

まぁでも、こんな金曜日も悪くない。

再びグラスにワインを満たすと、今日何度目かわからない乾杯をするのだった。

営業課の美人同期と夏を満喫するだけの日常

俺は今どこにいるでしょう。はい、最寄り駅の改札を出たところで外を見て立ち尽くしています。

いや、最寄りに着くまでに電車に乗ってきた人を見て嫌な予感がしていたが……。

現在6月の月曜夜。日本が抱える四季にこそ名前を連ねていないにしてもその存在感は圧倒的。そう、梅雨である。

珍しく定時退勤して加古《かこ》と飲みに行き、コンペの案やら最近の営業課内部事情について喋《しゃべ》っていたらこの有様《ありさま》だ。

確かに朝天気予報を見ずに傘を忘れた俺が悪いが、こんなに土砂降りにならなくたっていいじゃないか。

仕方なくコンビニで傘を買って帰るかと決心したところにスマホがブーッと震える。

通知は秋津《あきつ》からだった。

『今日加古と飲みだったわよね。もう家帰ってる?』

『いや、今最寄りに着いた。雨に打たれて帰るか大人しく負けを認めて傘を買うか迷ってたところだ』

『この季節は朝に予報見なきゃ～』

『わかってはいるんだが今日に限って忘れてな』

『ちょっとそこで待ってなさい』

『は？』

既読がつかなくなったスマホを見つめ呆然《ぼうぜん》と待つこと10分、家の方角から髪をおだんごにまとめた秋津がやってきた。

「もう～天気予報くらい見なさいよね」

「まさか迎えに来てくれるとは……」

「濡《ぬ》れて風邪ひかれても困るしね、主に事務課が」

急いで来たのか、少し息が上がって足元はびちゃびちゃだった。こんな酔っぱらいなんて置いとけばいいのに。

「何はともあれ、ありがとう。助かった」

「いーえ、ほら帰るわよ」

「あれ、お前傘二本も持ってたっけ、俺の部屋まで取りに行ってくれたのか？」

「そんなわけないじゃない。一本よ」

おかしいと思ったんだよ、手に荷物を何も持ってないから。

それでも今日だけはありがたく隣に入れてもらおう。

駅から家まで普通に歩けば15分、その道のりは長くて短い。

秋津から傘を奪うと少し彼女に寄る。肩と肩は拳一つ分、これが今の俺たちの距離だ。

「加古と何話したの？」

「んー、コンペの案だな。最近話題のあの会社に知り合いのデザイナーがいるってさ」

「あ～あそこね、この前交流会みたいなのあったわね」

ただあの企業どこかで聞いた気がするんだよなぁ、大学時代に。知り合いとかいなかったはずだが。

「今日はあんたの家で二次会ね」

「えっ……もう結構酔ってるからきついんだが……月曜だし」

「こんなにかわいくて営業成績もいい女の子をほったらかしにした罰よ」

「もう何も言わないが、お前泊まる気だな？」

「いいじゃないー迎えに来たんだしー」

俺が傘を持って左手が塞がっているのをいいことに、彼女は俺にちょっかいをかけてくる。やめろ、傘が揺れて濡《ぬ》れるから脇に触るな。

「わかったわかった、二次会とか泊まりとかもういいから風呂《ふろ》には入らせてくれ。そしてお前は一日家に帰るんだ」

「え～鹿見《しかみ》くんがお風呂《ふろ》入ってるの、おつまみ作りながら待ってる」

15分とは短いものである。マンションの前で傘をバサバサと振っていると、秋津がオートロックを開けてくれる。

「おい、ノータイムで俺の部屋の階を押すな」

エレベーターは上へと俺たちを運んでいく。

俺の部屋の前で秋津はポケットから鍵を取り出すと、ガチャリとドアを開ける。本当に、どうして合鍵を渡してしまったんだろうか。

傘を立てかけると靴を脱ぐ。

「おかえりなさい、鹿見くん」

先に入った秋津がこちらを振り返り、手を広げてにっこりと笑う。

「ただいま、秋津」

流石《さすが》に抱きつくのはおかしいだろと頭にポンと手を載せる。

上機嫌な彼女は、俺のジャケットを華麗に脱がすと部屋の奥へと進んでいった。

◆◇◆◇

やってきましたコンペ当日。季節は初夏に差し掛かり、ジャケットを着るのも苦しくなってきた。

さて、俺は例の会議室に座っていた。

　以前は営業課の面々がぞろぞろと座っていたが、今日は趣《おもむ》きが異なる。

　部屋を横長にレイアウト、俺たち審査員の机と向かい合うように白のスクリーンが貼られている。そう、コンペの立候補者たちがこれからプレゼンを行うのである。

　俺たちの前にはこの会社の重鎮たちが座っている。一代で会社をここまで大きくして軌道に乗せたんだ。一筋縄でいくわけがない。

　ここの面々に比べれば、俺はかわいいチワワみたいなもんだ。

　結局立候補したのは10組、各々《おのおの》グループを組んだりしている。

　俺が相談に乗った加古は一人で参加するらしい。事前に聞いた感じだとかなり推せるんだけどなぁ。

「相澤《あいざわ》さん、既に知ってる案あります？」

　隣に座る課長に小声で話しかける。

「何組かはね。私に相談に来たのよ。まぁでもめぼしいものはほとんど無かったわ。鹿見君は誰かの知ってる？」

「僕は加古の分ですね。相談受けたので」

「感触としてはどう？」

「かなり推してます。もちろん他の方のプレゼンを見てから決めますが」

　午前10時30分、プレゼンが開始する。

スライド、動画、なんでもありのプレゼンはやはり目を引く。

こんなことほんとにできるのか、与える影響はどれほどのものか、他の案件と並行で進められるのか、どれだけ予算確保できるのか、会社として実現可能性に焦点を当てると、やはりぱっとしないものもある。

やはり大切なのは何を目指すかである。居心地の良さなのか、コミュニケーションの取りやすさなのか、一人で集中できる空間なのか……。

時刻は15時、ようやく全てのプレゼンが終わる。1組持ち時間は15分とはいえ、10組も見れば相当疲れる。

眉間をぐーっと押しながら眼《め》を労《いたわ》る。

さて、俺たち一般審査員の仕事はここからである。幹部はもう既にどの案がいいのかいくつか絞っているだろうが、そこに実務を行う俺たちの総評を加味して考えるとのこと。

実際、そこを加味してくれるのはありがたい。どこまで理想を形にできるかは裏方のキャパで決まる。

つまり、10組分の総評を事務課として幹部に提出しなければならない。善は急げというわけではないが、覚えているうちにまとめてしまいたい。

俺は配られた資料をバインダーにしまうと、タブレットをスリープにして会議室を後にする。

恐らく通常業務の処理が大量に残っているはずだ。あぁ今日は、というか今日も残業確定か。

てしまった。

エレベーターホールで事務部屋の階を押す。途中知り合いにすれ違ったがうわの空で返事し

うーん、加古の案が推せるが他にもいいのあったな……。

事務課の人間として一人の社員として、どの案なら通せるのか考えながら俺は事務課の扉をくぐった。

時刻は21時30分、事務部屋には俺しかいない。相澤さんはお子さんの迎えで定時退勤、小峰《こみね》さんは在宅でもう業務終了、鈴谷《すずや》君と春海《はるみ》さんは別に繁忙期でもないので定時退勤。

なぜか春海さんはちょっと残業しようとしてたけど。ちょっと若い子の考えることがわからなくて怖くなってきた。

自分の机に大量に散らばったメモを見る。今日のプレゼンを聞いた時にしたものだ。労働は嫌いだが、営業課のやつらが相応に準備したものを切り捨てるのは柄じゃない。しっかり考えた上で俺の推している案を通したい。

30分前に淹《い》れたコーヒーはもう冷めたが、カフェインの恩恵にあずかろうと口にする。

休憩するか、夜食だ夜食。まだ1週間は始まったばかり、明日からの仕事に備えて栄養補給しなければ。

自分の机をごそごそと漁《あさ》る。人のいない部屋だからか、やけに音が大きく響く。

取り出したのはカップ麺である。しかも待ち時間が3分じゃなくて5分のちょっといい太麺のやつ。ビールでも飲めりゃ最高だがここは会社、社会人として最低限の倫理観はある。

電気ケトルがカチッと鳴る。この家電を開発した人間に誰か紫綬褒章《しじゅほうしょう》をあげてくれ。

自席に蓋をしたカップ麺を持ってくる。……とこんな時間にチャットが来ている、誰かまだ働いてんのか？

『まだ帰ってない？』

『おーい！　いるでしょ』

『事務部屋の電気ついてんだからあんたでしょ』

まーたこのパターンか。なんであいつ帰ってないんだよ。営業課は今日各々《おのおの》プレゼンの打ち上げなり、明日以降に始まるプロジェクトに備えて定時退勤なりしてるはずだろ。

『お祭しの通りまだいるぞ、お前なんでいるんだよ』

『みんながプレゼンの準備で放置してた仕事を片付けてるってワケ』

『うわ、えらすぎ』

『でしょーほめなさい。ちょっと煮詰まってるからフリースペース来てよ』

『ラーメン持ってるけどいいか？』

『罪ね。私もなにか食べるもの持ってくわ』

こぼさないよう蓋をしっかり持って事務部屋を出てエレベーターで二つ下の階へ向かう。

フリー「スペース」とは名ばかりで、そのフロア全てが自由に使えるようになっている。人をダメにするクッションやらソファやらからしっかりとしたオフィス用の机、ミーティングができるような楕円形《だえんけい》の机など、揃《そろ》い踏《ぶ》みである。

目的の階に着くと、ぽつんと秋津が座っていた。まぁこんな22時前にここで仕事してるやつなんていないか。

普段は営業やらミーティングしてる人間がいて活気があるんだが。

「すまん、待たせた。お疲れさん」

「いらっしゃい鹿見くん、うわ」

「なんだよ」

「ちょっといいラーメン食べてるじゃない。しかもそれコンビニ限定のやつじゃない？」

「なんでそんな詳しいんだよ。俺のラーメンコレクションのうちの一つだ」

「家ではカップ麺なんて食べないくせに」

「そりゃ調理器具あるからな」

彼女は営業部屋で淹《い》れたであろうコーヒーとカロリーなメイトを持っていた。

どうやったらそんなに綺麗《きれい》に食べられるんだ……いつもスーツにこぼれるのが嫌で会社じゃ食べられないいんだよなぁ。

「それで、鹿見くんはプレゼンの査定どれにするか決めたの？」

「一応な。でも事務課としてこれもいけるってのはちゃんとまとめて報告するつもり」

「あんたほんと真面目ね～自分の進めたい案だけ推しときゃいいのに」

「俺は裏方だからな、会社の方向とか動かし方はお前らに任せるよ」

「もっと前に出ていいのに。私みたいに」

「お前と一緒にするな、営業トップさん」

「他の人に言われるとムズムズするけど鹿見くんに言われると……いいわね。もっと褒めなさい」

「調子に乗るな」

頭に軽く手刀を入れると、あでゃっと意味のわからない鳴き声を出す。

こいつも人前ではちゃんとしてるのになぁ。高校生の時から変わらないな。

「あっそうだ、鹿見くん来週の水曜日空けてて欲しいな。定時で帰りましょ」

「別にいいけど、何かあるのか？」

「それはお楽しみということで」

突然の誘いに困惑を隠せないが、どうせいつものことだと了承する。どこかご飯食べに行く感じか。

話の合間に麺をすする。味噌《みそ》ダレが絡《から》んだ太めのちぢれ麺はのどごしが最高である。ジャンキーな味だが、企業様の絶対に美味《うま》いと言わせてみせるという気概と努力が舌を唸《うな》らせる。

本音を言えば味たまやチャーシュー、メンマも欲しいが、ここは疲れた社会人二人しかいないオフィスだ。これだけ美味《おい》しいラーメンが5分で食べられることに感謝しないと。

どこからか取り出した割り箸で、秋津も麺を持ち上げて口へ運ぶ。

「これおいひいわね……限定なのが悔やまれるわ」

「おい俺の夜食をとるんじゃやない」

「明日直行で社用車借りるから帰りに乗せてってあげるって。それのお駄賃ってことで！」

また無茶苦茶な理論を振りかざしてくるが、疲れている今車で帰れるのはありがたい。

少し話すと事務部屋に戻る。23時には帰れるよう頑張るか。

癪《しゃく》だから本人には言わないが、あいつと喋《しゃべ》るとどこか気持ちも軽くなる。

メモをまとめるとPCに向き合い、俺は改めて報告書の作成にとりかかった。


バタン、と車のドアを閉める。家まで車持って帰れるのいいな。

俺は助手席に乗り込むと、シートをリクライニングする。もうこれだけで寝てしまいそうだ。

隣では秋津が電源ボタンを押している。前は鍵差し込んで回すタイプだったのに、時間の流れとは早いもんだ。

「んじゃま、帰りますか！」

朗らかに彼女は微笑《ほほえ》む。深夜まで残業してこのテンション、やはり営業トップは侮《あなど》れないな。

俺なんかもう天日干しされた昆布みたいなテンションなのに……。

「ほんと疲れてるわねあんた。すぐ着くけど寝る？」

「いや、送ってもらって助手席で寝るのもな……。お前と喋《しゃべ》っとくよ」

「眠いと素直でかわいいんだから」

「うるせぇ。行こうぜ、頼んだ」

ブーンと低い音を出しながら車が発進する。湿度はあるものの夜になるとまだまだ涼しい。

「あんた、また仕事抱えすぎじゃない？」

「まぁ人が足りてないのは事実だが……そういうお前もお人好《ひとよ》しすぎだろ？　他の人の仕事もらってさ」

ちらっと彼女を見ると街灯に照らされた頬が見える。ほんと、造形はいいんだから。

「いいのよ。私が大変な時は誰かに手伝ってもらうから」

「ほんと、営業課も仲良いよな」

「二ヶ月に一回は飲み会するくらいだからね」

ほんと、よくやるわ。

「ねぇ。今聞くのもなんだけど、あんたが学生時代付き合ってた彼女って……」

「あぁ社会人になる前に別れたよ。どうした突然」

「んーん、なんで別れちゃったのかなぁって。私たち大学時代はほとんど会わなかったじゃない？」

「そうだな。同じ会社に入ってなけりゃもう会う機会も限られると思ってたよ」

「それはどうかしらね」

「おいおい、含みがあるな」

「鈍感なあんたにはわからないか」

散々な言いようである。

あと三つほど信号を過ぎればうちのマンションが見えてくるか。

「今度飲みに行った時にでも話してやるよ。面白くもない話だが。その代わりお前の話も聞かせろよ」

「私はなーんにもなかったわ、告白はされたけど。私美人だし」

「はいはい美人美人」

「またそうやって適当に……。どうするの、私が誰かと付き合ったら」

「まぁ素直に応援するかな。大学時代みたいに戻るだけさ、秋津さん。合鍵は返せよ」

「はぁ。」

わかってないというふうに彼女は首を振る。運転中だから前を見てくれ。

三つ目の信号を通り過ぎる。この時間は人も車もほとんどいない。深夜残業のいいところはここだけだな。

「ま、いいわ。そのうち嫌でもわかるようにしたげるから」

「よくわからんが、お手柔らかに頼む」

もう頭が回らないな、まだ月曜日だという事実が心に重くのしかかる。

あー週末はゆっくり寝よう。

俺たちを乗せた車は静かに車庫に入る。サイドブレーキを上げた秋津は、こちらをのぞき込む。

「ほら着いたわよ。帰りましょ」

「おう、ありがとな。助かった」

二人して車を降りると伸びをする。

エレベーターでは二人とも黙ったままだ。しかし別に沈黙が苦痛ではない。

俺の部屋の階にエレベーターが止まる。「開」を押しながら秋津が口を開いた。

「おやすみなさい、鹿見くん」

「あぁおやすみ、秋津。ありがとな」

夜はまだまだ冷えるがそれでも、それでも通り過ぎた時の彼女からは確かに初夏の香りがした。

◆◇◆◇

水曜日。愛《いと》しき我が社では一応ノー残業デーである。ノー残業デーということはイエス残業デーである。

は？　と思った諸君、言い訳させて欲しい。ノー残業デーということは内線が鳴らず、他課から仕事が回ってこないのである。

つまり誰にも邪魔されず自分の仕事を片付けることができる、絶好の残業日和ってわけだ。

しかしこんな残業日和に俺は定時退勤している。ちょっと上の階に住む食欲モンスターに早く帰るよう言われていたからだ。

結局この後何があるのか教えてもらえないまま定時になってしまった。

クラゲともう一つの鍵がついたキーホルダーを鞄《かばん》から取り出し、扉を開ける。

あれ、あいつ来てるかと思ったがいないのか。

手洗いとうがいを済ませると、とりあえずジャケットを脱ぐ。外行くなら部屋着に着替えるのもなぁ。

聞くのが早いか。そう思った俺はスマホを取りだして秋津にチャットする。

『帰ってきたけど、どこ行けばいい？』

送った直後に部屋のドアが開く。

「おかえりなさい、鹿見くん！　無事定時で帰って来られたようね！」

いつもの三割増しくらいのテンションで秋津が家に入ってくる。どうしてインターホンを押さない。自分の家だと思ってるのか？

文句を言おうと秋津の方を振り返り、立ち尽くしてしまった。

「どう？　久しぶりに着てみたんだけど」

黄色に紫の模様が描かれた浴衣《ゆかた》を着た秋津がそこにはいた。

髪はサイドで編み込まれており、まとめてお団子にされたてっぺんには花の髪飾りが添えられていた。いつもより少し紅《あか》い頬は、メイクかそれとも。

思わず言葉をなくした俺に満足したのか、彼女はにんまりと笑ってこちらへ近づいて来た。

「いいでしょー！　高校生以来じゃない？　今日は地元のお祭りにいきます！」

まだ呆然《ぼうぜん》としている俺を秋津は部屋に押し込む。

「ほれほれ、私服に着替えなさいな」

だが俺も負けてられない。実は俺も浴衣《ゆかた》をこっちに持ってきているのだ。

あんまり待たせるのも良くない、ささっと帯を締めるとリビングに顔を出す。

「え、鹿見くんが浴衣《ゆかた》持って来てるとは思わなかった……普段は残業しかしてないくせに」

「あれは自分の意思じゃねぇよ」

「似合ってるじゃない、結婚式は和装にする？」

「しねぇよ話が飛躍しすぎだ、ほら行こうぜ。お腹空《なかす》いたわ」

「そうしましょ！　えへへ、びっくりした？」

「お祭り行くなら言ってくれよ」

「むーそれもだけど！　浴衣《ゆかた》に！　ほら！」

「さぁーどうだろな。俺は綺麗《きれい》だと思うよ」

恥ずかしさから目を合わせずに呟《つぶや》く。

「そうやって言えば納得すると思ってるでしょ！　でも似合ってるってあんたに言われるのは満更でもないわね。このツンデレが！」

うりうりと腕を当ててくる。おいやめろ、何がとは言わんが、というか言えないが見えそうなんだよ。

腕を引かれて街を歩く。会社から家に向かう時はお祭りの気配なんて全く感じなかったのに、今ではちらほらと浴衣《ゆかた》を着ている人を見掛ける。

徐々に人が増えてくる。微《かす》かに聞こえる祭囃子《まつりばやし》に年甲斐《としがい》もなく高揚する。

隣の秋津も袖をフリフリしながら歩いている。そういえばこいつ午後休取ってたな……？加古が事務課に書類提出しにきた時に言ってた気がする。

いつもより少しゆっくり歩きながら、俺たちは公園へ足を進めた。

入口を過ぎれば、そこはもう「祭」だった。大きな櫓《やぐら》では太鼓が打ち鳴らされ、それを中心に出店が並んでいる。

「お、これいいな！」

早速飲み物が売ってる店へと吸い寄せられる。隣に浴衣《ゆかた》を着た綺麗《きれい》な同期？　いや俺は！　今！　酒を欲《ほっ》している！

冷たい水に浸《つ》かった缶ビールに手を伸ばし、購入。

カシュッと澄んだ音が鳴る。口をつけてぐっと一息にあおると、黄金色の液体が喉を通っていく感覚がわかる。

苦味と、遅れてきた旨《うま》みが身体《からだ》の渇きを潤していく。音が光に遅れて聞こえる花火みたいだ。

一人夏を感じていると、隣から細い腕が伸びてきて缶ビールをぶんどられる。

「おい何すんだよ！　仕事終わりの1杯だぞ!?」

「な〜んで私に何も言わずにずいずい行っちゃうの！」

そう言うと缶の残りを全て秋津に飲み干されてしまう。

こいつ……！　俺が2本目を買おうと同じ屋台に近付こうとすると、手を摑《つか》まれ引っ張られる。

「ご・は・ん！　食べましょ」

「お、おう」

目が全く笑っていない彼女に怖気付《おじけづ》き、蚊の鳴くような声で返事する。こえぇ。

なんとはなしに繋《つな》いだままの手は離さずに屋台を見て回る。

次に目をつけたのは焼きそば。兄ちゃんが頭にタオルを巻いて豪快に腕を振っている。祭りと言えばこれだよなぁ。

「すみません、焼きそば一つお願いします」

「おう、あんちゃん彼女連れかい？　箸は二つ付けとくぜ」

「ありがとうございます、助かります」

プラスチックの容器からはみ出るほどの麺、麺、そして麺。紅しょうがのツンとする匂いが食欲をそそる。

「へぇ～彼女って否定しないんだ。なに、そういう気分なの？」

「いーや、否定するのも面倒なだけだ」

「じゃあ今はこうやってくっついてもいいんだ」

「だめです。ほら、そこ座って食べるぞ。酒のおかわりいるか？」

「ほんっとつれないわね。こういうのは雰囲気でなんとかなるもんなのに。私チューハイがいい」

「はいはい、買うから焼きそば持っててくれ」

輪ゴムでかろうじて容器の形を保ったやきそばを秋津に渡す。

彼女用のライムチューハイ、俺用のビールを買って戻る。

「よくライムがいいってわかったわね」

「何年一緒にいると思ってんだよ」

「あ！　それ彼氏っぽいじゃん」

「今日はそういう雰囲気なんだろ？」

嬉《うれ》しそうな秋津を見ていると何も言えなくなる。

二人で焼きそばをすする。濃い、あまりにも濃い。しかしそれがまた酒を進ませる。ソースの味が麺に絡《から》まっているのはもちろん、キャベツやニンジン、豚肉にもしっかりと味が付いていて飽きることがない。

ちょっとさっぱりしたい、と溢《あふ》れんばかりに盛られた紅しょうがに手をつける。牛丼にも合うが俺は焼きそばについてる紅しょうがも好きだな。

無我夢中で麺を頬張っていると徐々に腹の虫もおさまってくる。

彼女はと言うと、もの凄《すご》い勢いで麺を口に入れたかと思えばぐっと缶チューハイを飲み干し息をついている。食べ方が美人営業のそれじゃないだろ。

気が付けば大量にあった焼きそばは跡形もなくなっていた。

お腹《なか》も満たされ一息ついていると、遠くで盛況な射的が目に入る。

「秋津、あれやろうぜ、射的」

「あんたゲームで銃撃ってるからって現実でも当てられると思ってるの？」

「んな勘違いはしないが、景品もあるみたいだし」

「いきましょ、私もやってみたい」

列に並び順番を待つ。料金を手渡し、代わりにずしりとした銃を受け取る。

狙うは一等のゲーム機ハード……ではなく、あの狐《きつね》のお面とかいいな。

装弾数は四発、見せてやるぜ某ＦＰＳで鍛えたスナイパーの実力。

ポスッと間抜けな音を発して、コルクはあらぬ方向に飛んでいく。やはり実際に撃つのとは感覚が異なる。

確かな重みを手に感じながら狙いを定める。

二発目はまっすぐ飛んでいき、狐《きつね》のお面に当たる。

「やるじゃん」

後ろから秋津がぺしぺしと腰を叩《たた》いてくる。なんかムカつくな。

「お前もやってみろよ」

銃を渡すと、意外にもすんなりと構える。美人って何しても様になるな……ずるくね？

おいおい、前にかがみすぎるな見えるだろうが。

彼女の放った弾丸は放物線すらも描かずにまっすぐ俺が当てたお面の隣のお面に当たる。

上手《うま》いな……。

「ほら！　私ってなんでもできるし」

残り一発はスナック菓子に当て、無事俺たちは戦利品を手に入れた。

「これぱっかりは負けたな……」

秋津は俺が取った狐《きつね》のお面をさっそく頭の後ろに着けると、前を歩き出した。

なにか甘いものでも食べたい。あと中身の無くなったこの缶を捨てたい。

依然としていつもよりゆっくりと歩を進める。

前を歩く秋津は俺の手を外すと、突然立ち止まる。

「鹿見くん、ごめん。先に謝っとくわ。つくづくタイミングってのは予想外ね」

そう言うと狐《きつね》のお面を顔に着けた。

「は？　おい、どういうこ……」

俺が言葉を紡《つむ》ぎきる前に、声をかけられる。

「鹿見先輩、奇遇ですね！　隣の人は……彼女さんですか？」

前から歩いてきたのは、浴衣《ゆかた》を着てわたあめを持った春海さんだった。

横目で秋津を見ると、お面を被《かぶ》ったままだんまりだ。

おい、俺に任せるって感じか。

「奇遇だね。こいつは彼女じゃないよ。学生時代の知り合い」

「あれ、前に言っててらした元彼女さんですか？」

なんで普通に質問されているはずなのにこんなに圧を感じるんだ。そして秋津、お前も圧を放つな。少年漫画かよ。

「いや違うよ。ただの腐れ縁」

春海さんからは見えないところ、つまり膝の裏あたりを秋津がゲシゲシと蹴っている。じゃあなんて言えばいいんだよ。お前顔隠してるくせに。

「へぇ～お祭りに二人で来るなんて仲良いんですね。あ、失礼しました、私は会社で鹿見さんの後輩をしている春海と言います。初めまして。」

声でバレると思ったのか秋津は口を噤《つぐ》んだままお辞儀する。

「すまん、こいつ人見知りで」

一応フォローしておく。

「いえいえ、お邪魔したのは私の方なので。それより先輩、今度は私と飲みに行ってくださいね？　この前約束しましたし。それではまた、明日会社で」

ふわっと髪を揺らしながら春海さんが通り過ぎていく。確かに、秋津と目を合わせていた気がする。

ふぅ、と息を吐くと秋津はお面をとる。

「ほんと助かったわ。この狐《きつね》のお面に感謝ね」

「おい、フォローした俺に感謝しろ。だが本当に助かった、危うくバレるところだったぞ」

「まぁ私としては会社でわざわざ知らないフリするのも面倒だからさっさとバレればいいと思ってるけど」

「勘弁してくれ。お前人気なんだから変なやっかみとかくるだろ。俺は職場では仕事と飯のことだけ考えてたいんだよ」

また屋台を目指して歩き始める。さっきより少しだけ秋津が近い気がする。

まぁ言わぬが花……だよな。

「そういえば今度飲みに行くの？」

「んーこの前事務課の打ち上げでそんなこと言ってたような言ってなかったような」

「浮気《うわき》だ!!」

「おい大きい声で嘘《うそ》を叫ぶな、後輩と飯行くだけだって」

「まぁ別にいいけど。負けないし」

声を落として彼女は呟《つぶや》く。こっちを睨《にら》んで凄《すご》むな。

「お前は何と戦ってんだよ」

「私のことをただの学生時代からの友達と思ってるバカと」

「はいはい、そんなに怒んなって。ただの友達だとは思ってないって」

まぁ飼い猫……的な？

まったくあまりにまっすぐ来られても困るんだよ。

ふぅ、と一呼吸おいて彼女を正面から見つめる。

「ちゃんと大切だと思ってよ」

ふいと顔をそらすと、彼女は唇を尖《とが》らせる。

「かわいい黒髪の後輩と二人で飲みに行くのに？　二人で」

どれだけ根に持ってるんだ。

「会社の付き合いだから許してくれよ」

どうして俺は許しを請《こ》うているんだ。

「じゃあちゃんと私とも飲みに行って。あと休日外に二人で遊びに行って。」

やけにお願いが多い。こういう時は甘やかさないとまた拗《す》ねてしまう。もう何年の付き合いか、秋津の扱い方は心得ている……と思いたい。

「はいはい、今度二人でまたどこか行こうな」

いつかイタリアンでされたように、彼女の頬を指で突く。すると尖《とが》っていた唇も徐々に戻っていき、満足げに半月を描いた。

「ならいいでしょう。許してあげましょう」

半歩こちらに近づいて彼女は顔を寄せてくる。いまだ崩れないメイクは彼女の雰囲気を引き立てていた。

いつもは綺麗《きれい》な顔だと思うところが、今日はどうにもかわいく思えてくる。

どうして二人になるとこの甘えたモンスターは精神年齢が下がってしまうんだろうか。

さっきは近い気がするだけだったが、今はもう拳一個分も離れていない。帰るまでこの距離感が変わらないんだろうなぁ。

俺たちの間にあったぴりっとした空気はいつの間にか霧散していた。永遠にこのままじゃいられないことは俺だってわかっている。わかってはいるが、今はこのままとも思ってしまう。来た時よりも縮まったこの距離も、ゼロにするか離してしまうか、答えを出すのはもう少しだけ待って欲しい。

というか普通に仕事やばいだろ、俺もお前もドデカプロジェクト抱えてるんだから。

不意にヒュ〜という音、続いてバンッと弾《はじ》ける。定刻になったのか花火が上がり始める。

ラブコメ漫画だったら誰も知らないような花火がよく見えるスポットで肩を並べるんだろうか。

俺たちはしがない社畜なので、ビール片手に冷やしきゅうりを齧《かじ》りながら立って見ている。

「ここ花火あるんだな、知らなかった」

「私も知らなかった、なんか得した気分ね」

明日も仕事だし、混むのもアレだし、ということで花火を背にして家路につく。

喧騒《けんそう》を抜けた夜道は街灯に淡く照らされている。勢いに任せて言った「ただの友達だとは思ってない」という言葉にじわじわとメンタルを削られている。なぜ素直に口にしてしまったのか。

言葉に遅れて気持ちが込み上げるなんて、まるで花火みたいじゃないか。

学生時代の元恋人と久しぶりに会うだけの日常

こちら鹿見《しかみ》、現場はお祭り騒ぎです、オーバー。

という茶番は置いといて、ここは例の会議室だ。

結局コンペは加古《かこ》の案が通った。聞くところによると幹部たちもほぼ満場一致だったらしい、さすが営業トップ双璧の一人。

加古の案のレベルだけで言えば恐らく他にも同レベルのものがあったが、プレゼンの仕方がずば抜けている。引き込まれるというか、あぁこんな未来なら有り得るんだなと納得させる強さがあった。営業、やっぱり俺には無理だ。

そんなこんなで加古の案で手を組むことになった会社とご挨拶ってわけだ。おかしい、なんで裏方の俺がここに呼ばれているんだ。

本来実働部隊として前線で働く人間だけ集められるはずが、一部の幹部と加古、そして悪ノリした相澤《あいざわ》さんに祭り上げられて表舞台に引きずり出されてしまった。

じゃあ一体誰がいつもの事務処理するんだよ！　小峰《こみね》さんに合掌!!

時刻は10時25分、弊社会議室にて顔合わせ。先方も数人で連れ立って対面に座っている。俺は極力目立たないように挨拶の次第を書いた紙に目を落とす。まぁ作ったの俺だが。

「本日はお越しいただきありがとうございます。定刻になりましたので始めてまいります。」

代表および幹部の挨拶が進んでいく。呼ばれたとはいえ俺は裏方、後ろでひっそりしていよう。

先方の紹介も滞りない。というか俺が話す人なんてほとんどいないんじゃないか。

今回フルオーダーでオフィスの椅子とか机とか作るわけだが、デザイナーも来てるのかよ。おいおい気合い半端《はんぱ》ないな。成功してくれマジで。

「末尾にはなりますが、今回ロジ等調整、事務を担当する者を紹介します。鹿見です。」

俺もかよ、顔合わせだけだしいいか。

「鹿見と申します。今回裏方としてではありますが、皆様とご一緒できて嬉《うれ》しい限りです。ご不便等ございましたらお申し付けください。」

「へっ……？」

奥の方から思わずといった声が上がる。先方のお偉いさんが眉を下げながら口を開く。

「失礼しました。こちらも紹介させてください。」

先方の奥で立ち上がった人物を見て俺は息が詰まった。ほんと、秋津《あきつ》じゃないがつくづくタイミングってのは予想外だな。

「初めまして、今回弊社の裏方として動きます夏芽《なつめ》と申します。どうぞよろしくお願いいたします。」

そうか、だから相手の会社の名前を聞いたことがあったのか。彼女を目にするのは何年ぶりだろう。

その距離数メートル、俺の前で微笑《ほほえ》んでいたのは学生時代の元恋人、夏芽あいだった。

「ねぇ、なんでそんなに逃げるのよ」

顔合わせが終わり、会議室を出るとにっこりと微笑《ほほえ》んだ夏芽に捕まってしまう。

「いや逃げるだろ。お前なんでこんなところにいるんだよ」

「それはこっちのセリフよ。まさか取引先があなたのところだったなんて。会うのどれくらいぶりかしら」

髪をさらっと耳にかけながら彼女はこちらを見る。きらりとピアスの光る耳元はよく見た光景だった。

ベージュのスーツに先方の社員証、タブレットとメモ帳、名刺入れを持つ彼女は大人っぽくなっていたものの、大学時代からその魅力は衰えないどころか増していた。

「そうだな、四年ぶりとかか？　卒業してからはそれっきりだし」

正直、懐《なつ》かしさよりもあの時の若かった自分を思い出して気恥ずかしさの方が大きい。

ついっとこちらに近づいた彼女は顔を寄せて耳元でささやく。

「ふーん、かっこよくなったじゃん。彼女とかいるの？」

昔みたいな距離感は遠慮して欲しい。だがどこか懐《なつ》かしくてあたたかな気持ちになるのも否定できない。

「おい会社だぞ、やめろやめろ。仕事しに来てんだから」

積み重なる残業や顔合わせでどっと疲れたからだろうか、すこし頭に霧がかかっている気がする。このやりとりが一番精神を削られるが。

「そういうこと言うんだ～昔の恋人に」

「昔の、な」

彼女は大股で俺から離れると、手を振りながら自分の会社の人だかりに合流する。

「どう、あの時よりは綺麗《きれい》になったでしょ？」

俺にだけぎりぎり聞こえる声でつぶやくと、今度こそこちらを振り返らずに進んでいく。

あぁ思い出した、あの光景に見覚えがあったのは俺の贈ったピアスだったからか。どうしてまだ使ってんだよ。

つくづく俺の周りの女性は自信満々で反応に困る。肯定も否定もしづらいことばっか言いやがって。

ふらつく足を気合いで奮い立たせてまっすぐ歩くと、取引先をエントランスまで見送って俺は事務課へと戻るのだった。

自分の席に戻ってPCを開くと、大量の案件とチャットが一通。

『今日定時で帰るんだけど、あんたは？』

秋津からのメッセージを見て思わず眉間を押さえる。

さっきから頭がうまく回らない。溜《た》まった案件は急ぎのものだけさっさと処理して残りは後に回そう。頭を使うものはちょっと今進められる気がしない。

体調が悪い時は無理せず次の日の効率化を図る、残業まみれの社畜の鉄則である。

『すまん、ちょっと今日は無理だ』

申し訳ないが、あまり彼女にリソースを割いている余裕がない。

一言だけ返信すると、俺は通知をオフにした。

なんとか日付が変わる前には会社を出たい、身体《からだ》が悲鳴を上げそうだ。周りに気を遣わせないよう、もくもくと仕事を進めていく。

やがて夜もすっかり更《ふ》けて時刻は21時、もはやペットボトルの蓋を回すのすらしんどいがなんとか作業を終える。

プライベートのスマホに通知が来ていた気がするが、今は確認する元気もない。

そこからどうやって家まで帰ったのかあんまり記憶にないが、重い身体《からだ》をひきずってシャワーを浴びて、倒れるようにベッドへ吸い込まれたことだけはぼんやりと覚えていた。

◆　◇　◆　◇

目を覚ますと違和感を覚える、身体《からだ》が重い。あぁこれはあれだ、熱あるな。

フラフラと身体《からだ》を起こし、体温計を取りに行こうとなんとかリビングに向かう。小さな画面が指し示すのは38.2℃、意外とあるな。

時刻は朝の7時25分、普段ならばもう歯を磨いてジャケットに腕を通している時間だ。

こんな状態で仕事するのは正直気が進まない。おそらくミスで他の人に迷惑をかけてしまうだろう。ここは一つ、有給の使い時だ。

ベッドに舞い戻ると枕元のスマホを手に取る。仕事用のチャットアプリを開いて相澤さんの名前を探し出す。

『朝から申し訳ございません。発熱しまして、一日お休みいただけますと幸いです。』

『了解、最近働きすぎよ。ゆっくり休みなさい。』

ずっと見ているのかという程返信が早い。これでお子さんの送り迎えまでしているのだから驚きだ。

それにしてもまさか昨日夏芽に会うとは思わなかった。どこかであの会社に聞き覚えがあると思えば、彼女が就職していたところか。大学時代に別れてから卒業までほとんど顔を合わせず、人伝《ひとづて》に聞いただけだったから忘れていた。

これからプロジェクト進める時あいつとやるのか……。まぁ仕事だ、私情は持ち込まないが。

初対面で色々調整していくよりはやりやすいか。

別に俺たちは喧嘩《けんか》で別れたり、どうしようもないことがあって別れたわけじゃない。何となく付き合って、何となく一緒に楽しんで、そして何となくじゃ未来が見えなくなって別れた、それだけだった。

いつになく頭で独り言が響く、風邪だと思考がまとまらない。

今日は休みを勝ち得たことだし仕事のチャットアプリは絶対開かないぞ。ごろん、と寝返りをうって決意を固める。

どんどん体温が上がっている気がする。夏もそこそこ、冷房をつけているはずが肌が熱を持っている。ただ身体《からだ》の芯から冷えるような悪寒《おかん》もする。あぁ久しぶりだな、風邪特有のこの不快感は。

心なしか喉も痛くなっている気がする。そういえば冷蔵庫にもう食材がなかったような……。どうしようか、まぁ一日くらい何も食べなくても大丈夫か。

そんなことを考えながらまぶたは下に落ちる。どうしてか眠りに落ちる直前に頭に浮かんだのは、秋津の顔だった。

不意に目が覚める。日が高く昇っているところを見るともうお昼だろうか。

きゅるきゅるとお腹《なか》が鳴る。すまんな俺の身体《からだ》、冷蔵庫に何も無いからお前を満足させてやれない。

水を飲もうと寝室のドアを開けてリビングに続く廊下を歩いていると、何やら音が聞こえる。

風邪で耳がおかしくなったか？

覚束無《おぼつかな》い足で身体《からだ》を引きずって歩いていると、リビングのドアが開く。

「ちょ、なにやってんの。寝てなさい」

「は？　なんでお前」

驚きでけほけほと咳《せ》き込《こ》む。

「細かいことはあとあと！　ベッドに帰りなさい」

夢でも見てんのか？　目の前にはスーツの上にエプロンを着た秋津が立っていた。

そのまま彼女は俺の腕を引っ張ると、寝室へと連れていく。風邪で重い身体《からだ》では抵抗もできない。

「おい、風邪うつるから……」

「別にうつってもいいから。とにかく寝てなさい。それにしてもあんたが風邪なんて珍しい」

「俺も人間だからな」

「あんたは残業モンスターでしょうに」

どこか彼女の言葉が柔らかい。

「お前にだけは言われたくない」

「はいはい病人は寝ましょうね～どうせ病院行ってないんでしょ、まったく」

そのまま元いたベッドに寝かされる。布団《ふとん》を掛けられ、隣にペットボトルのスポーツドリンクまで準備される。なんなんだこの高待遇は。

「ほら、もうちょっとだけゆっくりしてなさい。お昼作ったげるから」

返事を待たずに秋津は俺の髪をくしゃっと撫《な》でるとキッチンへと消えていった。

呆然《ぼうぜん》としたのも束《つか》の間《ま》、再びまぶたが重くなる。あいつがいるってだけで安心してしまう自分の感情に悔しさを覚えながら、俺は思考を手放した。


目を覚ますとまず初めに出汁《だし》のいい香り、次いで秋津の心配そうな顔が見える。

寝る前よりも身体《からだ》が幾分軽い気がする。ぐっすり眠れたからか。

「おはよう、鹿見くん。お昼用意したんだけど食べられる？」

「何から何までありがとうな、秋津。いただくよ」

ずいっとお盆に載せてさしだされたのは、お粥《かゆ》だった。しかし普通のお粥《かゆ》じゃないな、濃い匂いが鼻をくすぐる。

これ鶏《とり》ガラか！　鼻に抜ける蒸気だけで風邪が治りそうだ。

「じゃあはい、あーん」

目の前にあっつあつのお粥《かゆ》が載ったスプーンが差し出される。え、このまま食べるの？　まあ嬉《うれ》しくはあるんだが、口の中でキャンプファイヤーする気か。

「すまん、冷まさせてくれ」

そう言うとスプーンを受け取り、フーッと、息をかけてから口へ運ぶ。しゅんとするなよ、こっちが悪いみたいだろ。

どうしてひとが作ってくれたお粥《かゆ》ってこんなに美味《おい》しいんだろう。

口に広がる溶き玉子と小口ねぎの香りが鶏出汁《とりだし》の良さを引き出している。じゅわっとした米は噛《か》まなくても喉に流れてくれる。ひとくち嚥下《えんか》するだけで身体《からだ》の芯から温まってくる。あ、これ生姜《しょうが》か。

社会人になってからこんなに弱ったことが無かったからか、秋津の優しさが沁《し》みる。

「こんな時間にどうして家に」

「家族が倒れました〜って帰ってきたのよ」

「俺休んでたこと言ったっけ？　っておい、家族じゃねぇだろ」

「事務課に書類出しに行った時、相澤さんに聞いた。同じマンションに住んでるし家族ってことでいいのよ〜」

「なんだその謎理論は……でもすまん、正直助かった」

「あら素直ね、ずっとそうだといいのに」

言葉を切ると、彼女はお盆を小さなテーブルに置く。

「それで、あの、」

「ん？　どうした？」

もじもじと何か言いたそうにしている。

「あの、昨日って何かあった？　チャットも返信なかったし」

昨日は秋津と会っていないし、夏芽と知り合いだという話は誰にもしていないはずだが。勘か？　だとしたら営業課トップは本当に侮《あなど》れない。

「あぁちょっと顔合わせでな。返信してないのはすまん、体調が終わってた」

「嫌なこと？」

「うーん嫌なことではないんだけどな……この際隠しても仕方ないから言うが、先方企業の担当が昔の恋人だった」

「え……」

顔が固まった秋津が言葉を失う。そりゃびっくりするよな、俺もかなり驚いたし。

「別に何も無いぞ、普通に仕事するだけだ。せっかく加古の案が通ったんだ、全力でやりたいしな」

「そうは言っても……」

何を心配しているんだ、と口を開きかけたところで秋津の手がこちらに伸びてくる。

額に当てられた手はひんやりとしていて気持ちがいい。思わず閉じてしまった目を開けると、思っていたよりも近くに彼女の顔があった。

「鹿見くん、その元カノのところにいっちゃわない？」

「どうした突然、行くわけないだろ」

「ちょっと心配になって」

額に当てられた手がそのまま頬に伸びてくる。

「あんた後輩にもすぐデレデレするし。こんなに甲斐甲斐《かいがい》しく看病してくれる美女が近くにいるのに」

むにむにと頬をつつかれる。世話してもらった身だ、今日は好きにさせよう。

「その節は助かりました、ほんとに。でもデレてないからな」

「今日は病人だしそういうことにしてあげましょう」

「突然怒られて突然許されたんだが。もっと優しくしてくれ病人に」

どこで満足したのか彼女の不安げな雰囲気はなくなった。お粥《かゆ》を食べきった俺も眠気に襲われる。

そんな眠たげな俺を見て秋津は微笑《ほほえ》んでいる。おい、髪で遊ぶな。

「あんたがベッドにいるところ見るの新鮮ね」

「いつも来た時はお前が占拠してるからな」

もうこれ以上意識を保つのは難しい、どうか起きた時には熱が下がっていますように。そう思いながら再び俺は瞼《まぶた》を閉じた。

意識が沈む直前、ささやくような小さな声で「どこにもいかないでね」と聞こえた気がした。

それはこっちのセリフだろ、お前こそどこにも行くなよ、と。口にできたかどうか定《さだ》かではないが、俺はそのまま意識を手放した。

◆◇◆◇

今は土曜日の昼下がり、社畜たちが唯一心穏やかに過ごせる時間帯である。金曜夜は一週間の疲れが溜《た》まって遊びに行けたもんじゃないし、日曜日は次の日からの仕事を思うと心が休まらない。

さて、俺は今スーパーの生鮮食品コーナーで目をかっぴらいて肉を選んでいる。今日の晩ご飯はビーフシチューにするつもりだ。

仕事を休んでまで看病してくれた秋津にお礼をしなければ。

ということで、夜うちでご飯を食べないかと誘ってある。仕事中にそのチャットを送ったところ、遂《つい》にデレた！　などと意味のわからん騒ぎ方をしていたが……。

チャットの返信があった後すぐに書類を提出するフリをして事務課まで様子を見に来た時は流石《さすが》に笑ってしまった。

野菜やワイン等《など》のお酒をカゴに入れると、お会計。最近はセルフレジも増えたから助かるな。

さくさくとレジに食材たちを通していく。

ちょっと贅沢《ぜいたく》したい時、なんとなく洋食が思い浮かぶのは何故《なぜ》だろう。

秋津が来るまであと数時間、おそらく伝えていた時間よりも早くくるだろう。あまり時間が無いな、さっさと作らねば。

早速キッチンに立つとエプロンを着けて腕をまくる。

取り出したのは野菜たち。たまねぎ、にんじん、そしてセロリである。普段の料理でセロリは使わないんだが、今日はちゃんと作ろう。自分のためじゃないし。

それぞれ一口大程にカットする。同じくらいにしないと火の通りにばらつきがでるって昔のえらい人が言ってたはずだ。

一旦ボウルに切った野菜たちを入れると次に手に取ったのは牛肉である。そう、薄給事務員のくせに牛のランプを買ったのである。普段は質素でもいいがこういう時はパーッと贅沢《ぜいたく》したい。

肉を少し大きめにカットすると、塩とこれでもかというほど胡椒《こしょう》をかける。下味をしっかりつけないと他に負けてしまう。

取り出したるは我が家の愛すべきフライパン。鉄フライパンとかおしゃれなものはない。あんなん残業戦士には使いこなせない。フライパンの手入れしている暇があれば睡眠時間を確保したいのだ。

テフロン加工された相棒にサラダ油を引くと、切った肉の表面を焼き固めていく。いい具合に焼けたら一旦取りだし、今度は赤ワインを入れていく。これは後で使うので今は置いておこう。

フライパンの出番はとりあえずここまで、今度は鍋でたまねぎとにんにくを炒《いた》めていく。あぁにんにくの焼ける匂いだけでもう酒が飲みたい。

「お、ようやく起きたか」

スマホの通知を見て口元を緩める。秋津もやはり激務である。土曜日の朝は眠りこけているのだ。まぁ大方昨日は夜更《よふ》かししたんだろうが。

さて、今はシチューを作ることに集中しよう。

先程の鍋に残りの野菜を入れて炒《いた》めていく。いい具合に色付いたら今度はトマトジュースとワインを入れて蓋をする。普段から洋食を作っていればチューブのトマトペーストも常備しているんだろうが、和食派な俺の冷蔵庫には残念ながらその姿は見当たらない。

弱火と中火の中間くらいでコトコト煮込む。

秋津にチャットを返す。そういえば旅行行くって話あったな、どこにしようか。

この空き時間で先程つかったフライパンを洗っておく。一人暮らしのキッチンはもので溢《あふ》れかえっているため、都度片付けないと料理する場所がないのだ。

『おはよう、晩はビーフシチューな』

『わーい！　うれし！　付け合わせ作ってくわね』

『助かる。でも今日はゆっくりしててくれよ』

『言われなくても〜今から二度寝に入る』

『まだ寝るのか……』

既読もつかないところを見ると本当に寝たんだろう。

いい具合になったらデミグラスソースと、お湯に顆粒《かりゅう》コンソメを溶かした即席ブイヨンを投入する。部屋にコンソメの匂いがぶわっと広がる。

やばい、換気扇だけじゃ匂いを外に逃がしきれない……！

急いで小窓を開けて外へビーフシチューの匂いを自慢するとしよう。

次に肉と乾燥タイムを鍋に入れる。ローリエとかもあればよかったんだろうが、そんなものは一人暮らし社畜の家には無い。タイムがあったのが奇跡なんだから。

ようやくビーフシチューらしくなってきた鍋を見て満足、キッチンに椅子を持ってきて腰を下ろす。ここからの煮込みが長いんだよなぁ。

煮込み料理を作る時はこの時間が好きだったりする。静かに揺れる火とコポコポと泡立つ音に心が安らぐ。

どれくらい時間が経《た》っただろう、どろどろになった鍋の中から野菜をお玉ですくい上げる。

うん、もういいだろう。

火を止め、彼女が来るのを待つ。

椅子をリビングに戻すとタブレットを立ち上げ、どこに旅行へ行こうかと思案するのだった。

ガチャリ、とよく聞くドアの音。続いてカタ、と鍵の閉まる音。

ご存じ我が家の勝手知ったる秋津ひより様がお越しになった。

「しーかーみーくーん！　きーたーよー！」

「小学生かお前は」

呆《あき》れながらドアまで迎えに行く。そこには妙におしゃれした秋津が立っていた。

「なんというか、どうした」

「いやぁ久しぶりに鹿見くん、いや有《ゆう》くんにお家《うち》にお呼ばれしたのでおめかししてきた！」

言葉を紡《つむ》ぐ唇はぷるっと紅《あか》く光り、家では普段下ろしている髪も今日はまとめている。黒いワンピースは彼女の真っ白な肌によく似合っていた。

「似合ってる……と思う、いらっしゃい秋津」

「そこは似合ってるでいいのよ！　あとひよりね」

「はいはい」

照れくさくて顔を背ける。いつも家に来る時は部屋着だからか妙に緊張する。

横長のテーブルにお皿を並べていく。秋津はどうやらカプレーゼとにんじんのグラッセを作ってきてくれたらしい。

寝起きですぐにこれができるの凄《すご》いな……。今度から家に来る時は何か作ってもらうか。

今日は向かい合って座るらしい。対面で座ったり並んで座ったり、その日の彼女の気分で決まる。

「「いただきます」」

手を合わせて口を開く。学生の時から変わらないこの瞬間も、思い返せばあたたかい気持ちになるな。

やっぱり自分が作ったものを誰かに食べてもらうのは恥ずかしい。彼女に目を向けて反応を見る。

ぱくっと銀色のスプーンが口に吸い込まれていく。

「ん！　おいし〜〜！　有くんって天才？」

目をまん丸にした秋津が嬉《うれ》しそうに頬をゆるめている。

よかった、ちゃんとできていたか。

安心した俺もビーフシチューに手をつける。野菜本来の味がぎゅっと詰め込まれたソースが口の中を染めていく。

ほろほろの肉は舌で溶け、赤ワインのほんのりとした酸味が引き立っている。

思わず二口目を、と思ったところで秋津が何やらテーブルの下をごそごそしている。

「見て見て！　せっかくビーフシチューだから持ってきたの」

手に取ったのはいつぞや会社の表彰式で優秀者に配られたお高いワインだった。

「いいのか？　これ貰《もら》った時一人で深夜に飲むぞ～！　って言ってたのに」

「やっぱりあんたと一緒に飲んだ方が美味《おい》しいし、快復祝いってことで！」

「その節はお世話になりました、ありがとな」

「んーん、困った時はお互い様ってことで」

なんとまぁ光栄なことだ。学生時代から今までいつだって人気者の秋津にそう思ってもらえるなんて。

グラスにワインを注ぐとふわっと芳醇《ほうじゅん》な香りが部屋に漂う。

「本当はお礼に何か買おうと思ったんだが、何がいいかわからなくてな」

「ううん、物が欲しくてやったわけじゃないから。それでもって言うなら、今度一緒に何か買いに行こ？」

「そうだな、また今度休み合った時に駅前のショッピングモール行くか」

「そうしましょ、お揃《そろ》いのお箸とかいいわね……」

「お前ほんとに、俺の家にいる時間の方が自分の家にいるより長いんじゃないか？」

目を背ける彼女、おいこれ確信犯だな。気を取り直してグラスをカチン、と合わせる。

「「乾杯」」

口に残ったビーフシチューの旨味《うまみ》たちをワインの洪水が流していく。

やはり肉と赤ワインは合う。

「そういや夏頃に旅行いくみたいな話あったけど、ほんとに行く？」

「え！　覚えててくれたの！　いくいく！　先予定だけ合わせよ！」

「俺は繁忙期じゃなければ基本土日空いてるからお前に合わせるぞ」

「いやあんた年がら年中繁忙期じゃない」

「誰のせいだと思ってんだ、営業課の秋津さん」

「うっ……それを言われると分が悪いわね……あとひよりね」

「強情だな……まぁ今月は全部空いてるはずだ」

「じゃあ再来週の土日にしましょ！　弾丸で！」

「よし、決まりだな。どこ行こうか」

「えーっとね～実は色々あって……」

少し酔いも回って、楽しいことがどんどん決まっていく。たまになら贅沢《ぜいたく》するのも悪くない。

減っていくボトルの中味と鍋のビーフシチューは、旅行の行先《いきさき》をかけた長い議論を予感させた。

◆◇◆◇

ただいま時刻は19時、定時は過ぎているがまだまだ元気である。

事務課のオフィスに残っているのは俺と春海《はるみ》さんだけだ。そろそろ事務処理だけでなく企画系の業務もやっていこうということで、鈴谷《すずや》君と春海さんも小峰さんと俺それぞれについて秋口にあるイベントの準備をしている。

「進行表のこの部分、表記揺れがあるから計画と同じにしとこうか」

「はい！」

皆そそくさと帰ってしまったから、そこそこ広い事務部屋に俺の声が響く。

別に今日絶対仕上げなければならないかと言われればそんなことはないが、明日以降俺の手が空かない関係で春海さんにも残ってもらっている。

彼女に残業をお願いした時妙に嬉《うれ》しそうだったが、もしかして残業モンスターの素質ありか……？　こっちの世界は危ないので近付かないほうがいい。

「鹿見さん、企画書のこの部分って空欄なんですが……」

「あぁそこは営業課の枠だから置いといていいよ、どうせギリギリに入れられるだろうから」

スプレッドシートを横から覗《のぞ》き見《み》すると、甘い匂いが鼻を抜けて一瞬身体《からだ》の動きが止まる。

「どうかしました？」

不思議そうに頭をこてん、と横に倒した春海さんがこちらを見る。

「いやなんでもない、ごめんよ」

「そういえば飲みに行くって話、いつにしましょう」

「あ～言ってたな。結構前なのによく覚えてるね」

「約束しましたもん！　私基本的にいつでも空いてますよ！」

「うーん、来月頭の平日とかどうだろう。ある程度この企画関係も終わってるだろうし」

「そうしましょ！　またチャットで候補日送りますね！」

残業中なのに元気だなぁ。

そこから数十分、キーボードを打つ音だけが部屋を支配する。時刻は20時と少し、春海さんはもうそろそろ辛《つら》くなってくるだろう。

「春海さん、」

「は、はい！」

びくっと肩を揺らしてこちらを向く彼女、突然声をかけて悪いことしたか。

「疲れたしちょっとだけ休憩しよっか」

そう言うと俺はコーヒーメーカーへ近付き、マグカップを用意する。

「コーヒー淹《い》れるけどどうやって飲む？　俺はブラックで」

「じゃ、じゃあ私もブラックで」

あれ、普段ミルクとか砂糖入れてた気がするんだけど……。眠気と戦うためかな。

ガーッピーッとコーヒーメーカーが唸《うな》りをあげる。

この匂いだけでもう目が覚めそうだ。ただ、今コーヒー飲むと夜眠るのに支障がなぁ……。

まぁ残業を乗り切るためだ、そんなことも言ってられない。

マグカップを二つ自席に持って帰る。ここでこぼすとこれまでの苦労が無に帰すため、慎重に慎重に。

春海さんは黒い液体と見つめあっている。コーヒーって飲むのにそんなに勇気いるか？

意を決したのか小さい口をマグカップに付ける。

驚くべきというか案の定というか、目をぎゅっとつぶって喉を鳴らす。

「無理してブラック飲まなくても」

「うぅ〜やっぱり苦いです、」

「普段ミルクと砂糖入れてるもんね」

「バレてましたか……今日くらいは鹿見さんと同じのをと思ったんですが……」

「せっかく淹《い》れたんだから美味《おい》しく飲んでよ。ほれ」

コーヒーメーカーの隣に置いてあるスティックシュガーと、冷蔵庫からミルクを取り出して渡す。

「ありがとうございます、次こそは」

「いやいや無理しないで普通に甘くして飲んで」

そこからなんとかキリのいいところまで片付けるとさっさと会社を後にする。

会社から駅までの大通り、歩く速度を合わせながら駅へと向かっていく。

春海さんの家は俺の最寄りの隣駅、乗る電車も同じだ。

二人で同じホームに並んでいることが珍しい。俺は朝彼女よりも早いし、帰りは言わずもがな遅い。

「なんだか二人で帰るのって新鮮ですね！」

彼女もそう思っているらしい。

「普段時間合わないもんね～」

「私も残業しようかな……」

不穏な言葉が聞こえた気がする。この道は修羅だぞ後輩よ。

電車が到着し、譲り合いながら乗り込む。定時で帰る時とは比べ物にならないほど人が少ないだろう。

「今度飲みに行く時、会社帰りじゃなくて一旦帰ってもいいですか？　着替えたいので」

つり革と一緒に揺れながら春海さんはこてんと顔を横に倒す。

「いいけど……じゃあ駅近くでお店探しとくよ」

「ありがとうございます。あ、私この駅なので」

「そっかそっか、今日はお疲れ様。付き合わせてごめんね、助かったわ」

「こちらこそご一緒できて良かったです！　ではまた明日、おやすみなさい！」

会社にいる時よりどこか上機嫌な彼女はヒールを鳴らして颯爽《さっそう》と電車を降りていった。

◆◇◆◇

目の前には焼き鳥とビール、きゅうりの浅漬けにいかの塩辛、とんぺい焼きにどて煮、いかにも飲み会なラインナップである。

今日はスタートアップ懇親会だ。以前顔合わせした例のプロジェクトが実際に動き始めるため、仲良くしましょうということで実働部隊の飲み会が開催された。

……開催されたというのは語弊があるな、幹事は俺と夏芽だ。仕事でやる飲み会ほど面倒なものはない、しかも知らない人間だらけだ。

店探しから予定調整、セッティング等々本来の仕事に加えての業務のためストレスが止まることを知らない。夏芽に聞いたところ先方も同じようなものである。

まぁお偉い様方が協力的なところは大変助かったが。

というか夏芽はちょっと業務外の話になるとすぐに会社間チャットじゃなくて個人スマホに

連絡してくるのやめて欲しい。お前は元恋人だろうが。

飲み会はというと恙無《つつがな》く進んでいる。初めはやんわりと話していたところ、酒も入ってきて所々で人の塊ができている。

ちなみに俺は一番端の襖《ふすま》に近い部分に陣取っており、店員さんを呼んだり空いたお皿を下げてもらったり追加で注文したりなんやかんやとしている。この後のお会計やら締めやらで気軽に酔うこともできない。

まぁ裏方があの塊の中に入るのもなぁ。

「ねぇちょっと」

「はい！　……なんだ、夏芽か」

「失礼ね。仮にも取引先よ」

「取引先にねぇちょっと、とか声をかける人間に失礼も何も無いだろ夏芽さん」

「ちょっと外付き合ってよ、有」

「はぁ、煙草《たばこ》か。あの辺のお偉い様方と行けよ、俺は吸わないんだから。というか下の名前で呼ぶな、取引先の担当だぞ」

「細かいことはいいから。あんたと話したいっつってんの」

このつっけんどんな話し方は大学時代から変わってないな。そして飲みの途中で煙草《たばこ》を吸いたがるところも。

その場を加古に任せ、カラカラとドアを開けて店の外へ。夏とはいえもう外も真っ暗だ。

円柱型の灰皿に近づくと彼女はどこからか四角い箱を取り出す。あぁ銘柄も変わってないのか。

「変わってないな。」

「なにが」

「いーや何も」

慣れた仕草で咥《くわ》えるとライターを投げてくる。点けろってのか。

しぶしぶ手を口元へ持っていきカチカチカチッと音を鳴らす。右手の親指の先を犠牲にパチパチと火花が散る。

吐き出された煙を見るとあの頃を思い出す。

「最近どうなの」

「何も無い、毎日残業残業」

「大学時代から何も変わってないのは有の方じゃない」

「うーんそうか?」

煙草《たばこ》はまだ1／4しか減っていない。

「夏芽は何かないのか、変わったこと」

「私もないわ。仕事が忙しいくらい」

暑くて首元のネクタイを緩める。外なら誰も見ていないしいいだろう。

「そういえば彼女とかいるの？」

とかってなんだよ。

「いや、今はいない」

こんなところで強がる意味もないがな。酒も回ったか。

不意に手が近付いてくる。

「ならさ、もう一回……」

反射的に手を摑《つか》んで下ろす。なんとなく、なんとなくだがネクタイを触られるならあいつがいいと思ってしまって。

「そろそろ戻ろうぜ、幹事だし俺たち。」

彼女の顔を見ないで済むよう、店のドアに手をかける。夏特有のじとっと湿った空気が俺と夏芽の間に重くのしかかった。


無事スタートアップ飲み会も締まり、座敷《ざしき》の忘れ物チェックまで完了したところで店を出る。

あれ以降席に戻っても夏芽とプライベートな話をすることはなかった。

「それでは本日はここまでとさせていただきます。」

お偉い様の一声でぞろぞろと駅に向かう社畜たち。

お疲れ様～幹事ありがとう～、と同期や先輩は俺に声をかけたり肩を叩《たた》いたりしながら帰っていく。楽しそうにフラフラと歩く大人たちを後ろからゆっくり追いかけていると、幹事やるのも悪くないなんて思ってしまう。

途中話に交ぜてもらった相手方の企業の方からも声をかけられ、一緒に駅へと向かっていく。

さてここの最寄り駅は俺がいつも使っている沿線じゃないから違う駅まで歩くか、と酒の回った頭で考える。

「じゃあ私はここで」

周りに軽く挨拶すると皆とは違う方向へと歩く。最後夏芽と目が合ったが黙礼を返された。口の動きだけで「またね」と伝えてくる。

そういえば飲み会中にスマホが鳴っていたな。チャットを開くとやはり秋津からメッセージが届いていた。

『飲み会いつ終わるの～』

『ねぇ遅い～』

これ前にもあったな、俺の家で待ってるパターンか。

『今終わった、最寄りつくのは30分後くらいになりそう。そして自分の部屋に帰れ』

すぐに既読がつく。

『なんで私が家にいるってわかるの！　もしかして監視カメラとかつけてる？』

『変な妄想すな。なんとなくだ』

『優しい私はお風呂《ふろ》にまだ入ってないので、最寄り駅まで鹿見くんを迎えに行ってあげます』

『なんでだよ、というか風呂《ふろ》は自分の家で入れよ』

『いーやーだー（•̀ロ•́）』

見たことない顔文字に思わず笑ってしまう。ここが電車であることを忘れそうだ。

最寄り駅に着き改札を抜けると、そわそわと辺りを見回す秋津が出迎えてくれる。夏らしいワンピースに薄手のカーディガンを羽織った彼女は、お嬢様のようだった。

「迎えに！　来たよ！」

「ありがとう、というかなんで」

「浮気《うわき》チェックだけど？」

「浮気《うわき》も何もないだろ、彼女もいなけりゃ浮気《うわき》相手《あいて》もいないし」

「でも元カノと飲んでたんでしょ」

「語弊がある……会社の飲み会だし人たくさんいたって」

「でもでも～」

ジャケットの裾を摘んだまま秋津は歩き始める。ふわっと花のような香りがする。

「なんか私のじゃない匂いする」

すんすんとジャケットに鼻を近づけると秋津が責めるようにこちらを見る、猫かよ。あ、夏芽の煙草《たばこ》の煙を正面から浴びたからか。

「そりゃお前の匂いがついてる方が問題だろ」

「私はいいのよ、一緒に暮らしてるようなもんだし」

「それがおかしいって言ってんだよ……」

不意に摑《つか》んでいた裾を離すと歩きながら彼女はこちらへ向きなおった。

白くて長い指が首元に近付いてくる。

「ネクタイ、暑いでしょ」

丁寧に結び目がほどかれていく。間違いなくネクタイを自分でほどいた回数より締めた回数の方が多い、それが幸せかどうかは置いといて。

「まったく、あんたはもう予約済なんだから」

ぶつぶつと不穏な言葉が聞こえる。

「断じて違うんだが……」

「今度から香水とか私と同じの使ってもらおうかしら」

だめだ、聞く耳を持っていない。匂いで所有権を主張するなんてもう動物じゃないか。

彼女の指が首に当たるが、不思議と嫌な感じがしない。

されるがまま時間にして1分もないくらい。仕事終わりとは思えないほどに、まるで今さっきメイクしたかのように彩《いろど》られた顔が見える。

俺たちは再び歩き始める。雨は降っていないはずなのに肩は指二本分も離れていなかった。

営業課の美人同期と温泉旅行に行くだけの日常

長旅で疲れた腰を捻《ひね》りながらバスから降りる。まぁ長旅と言っても自分の住んでいるマンションの最寄り駅から電車で一時間半の割と近場ではあるんだが。

「ん〜〜やっとついたわね」

隣で伸びをしている秋津《あきつ》も同じような感想を抱いているらしい、良かった口に出さないで。

「よし、宿まで早速行こうか」

現在土曜日の午前11時、俺たちは温泉旅行に来ていた。前飲みながら行き先を決めていたアレだ。

飛行機とか新幹線で遠出しても良かったが、とりあえずは近くがいいということでこの温泉に来た。まぁ1泊だしこういうのも気軽でいいな。

残業まみれの俺に代わって宿をとってくれたのは秋津。まぁ敏腕営業職だしその辺の心配は無用だろう。

大きくは無いが小綺麗《こぎれい》な旅館が目の前に現れる。温泉街特有のいい匂いに包まれながら俺たちは中に入った。

「いらっしゃいませ。長旅お疲れ様でした。」

和服を着た仲居さんが迎えてくれる。入口は広く、内装も明るい木目が綺麗《きれい》でテンションもあがる。

「受付してくるわね」

秋津の荷物を預かって後ろに続く。

「予約していた鹿見《しかみ》です」

「おい、」

俺の名前で予約取ったのかよ。

「鹿見様、ようこそおいでくださいました。こちらにサインをお願いします。お部屋の案内図と温泉に入る際に必要なチケットは……」

「あ、夫にお願いします」

「かしこまりました。本日はお部屋で夕食と伺っております。19時頃を予定しておりますがよろしいでしょうか？」

「はい、その時間には戻るようにします」

口を挟む隙もなくトントン拍子で話が進んでいく。差し出された案内図とチケットを受け取る。今俺はどんな顔をしているのだろう。

おい、お前もノリノリでサインするな。「鹿見ひより」は虚偽じゃねぇか。

今は仲居さんの目もあるし何も言うまいと、夫婦で予約をとられていることとか、何故《なぜ》か部屋が一つなこととか、腕を組まれていることとかを無の心でスルーしつつ案内された部屋に向かう。

「有くん、いいとこね～！」

部屋の中に入って奥に見えたのは山の景色だった。扉から窓まで一直線に空間が広がっており、まるで自然の中にこの部屋が紛れ込んだかのようだった。

「お前俺に黙って色々やってくれたな……」

「お祭りの時にも言ったけど、こういうのは雰囲気が大事だから！」

「まぁもう諦めてるからいいが」

「あら、じゃあ年末年始は結婚の挨拶ね、任せて！　有くんのお義父《とう》さんとお義母《かあ》さんと連絡先交換してるし！」

「まてまて旅行でテンション上がってるのはわかるし俺もだが、取り返しのつかないことするのはやめてくれ」

急いで秋津からスマホを取り上げる。

こいつロック画面をうちの実家のねこ様にしてやがる……！　いつ撮ったんだ。

荷物を畳に置くと、備え付けのテーブルに鍵やらスマホやらを並べていく。今回の旅行は有名な場所やらを観光するのではなく、ひたすら温泉に入ってだらだらしようと決めた。そのために晩ご飯も奮発して旅館で食べることにしたのだ。

日々残業で酷使している身体《からだ》を休めたい。その話をした時、今度は観光する旅行にも行くことを約束させられた。指切りまでする意味あったのか……？

気を取り直して部屋を見回すと、秋津は既にぐでっと横になっていた。

「畳気持ちいいわね、将来和室一室は欲しくなる」

「わかる、この匂いが遺伝子に効くよな」

「なんかその言い方やばそうでやだ」

「曖昧なうえに厳しすぎる……」

15分ほどだらだらして重い腰を上げる。そろそろお昼ご飯を食べに行こうと思う。

「晩は旅館で食べるしこの辺でお昼探そうぜ」

ぴょんっと跳ね起きると彼女はるんるんと準備を始めた。

今日はTシャツに薄めのカーディガン、デニムパンツと動きやすそうだ。長い髪はバレッタで後ろに留《と》めている。

「なによ、見惚《みと》れてた？」

「いーや、カジュアルなのもいいなと思って」

「見惚《みと》れてんじゃん！　もっと見る？」

うりうりと腕を当ててくる秋津がうざい。

「はいはい、お腹空《なかす》いたし行くぞ」

「それは同感、何食べよっかな～！」

靴を履いて扉に手をかける。いつもとは違うドアの音に高揚感を覚えながら、俺たちは旅館の外へと繰り出した。

宿の外へ出ると、太陽が俺たちを照らしている。夏の容赦ない熱線が肌を焼いていくようだ。できるだけ日陰を選びながら温泉街を散策していく。

やはりオフシーズンなのか、危惧していたほど人がたくさんいるわけでもない。

「さっぱりしたもの食べたくね？」

「うわ、それ私も言おうと思ってた。結構暑いもんね」

結局俺たちが昼ご飯に選んだのは蕎麦屋《そばや》だった。濃紺ののれんをくぐって中に入る。

チェーン店じゃない蕎麦屋《そばや》に来るのは久々な気がするなぁ。

案内された席に着いてメニューを広げる。俺は割とすっと決まるタイプだが秋津は悩む。今もメニューめくりめくり、載っている写真とにらめっこしている。こうしている彼女を眺めるのも楽しいものだが、お腹の虫が限界を主張していた。

「おーい店員さん呼ぶぞ」

「ちょっと待って！　あと二つで悩んでるの！」

こういう時は全然決まらないので、もう店員さんを呼んでしまう。パタパタと足音を響かせて注文を取りに来てくれる。

「も～！　待ってって言ったのに！」

どうどうと手で食欲モンスターを御する。

「このすだち蕎麦《そば》ください」

やっぱり夏はひやっとして爽やかなすだち蕎麦《そば》よ。せっかく少し遠出したんだ、金に糸目はつけん。

「あ、すみません、日本酒冷で1合お猪口《ちょこ》二つでお願いします」

「う〜〜！　じゃあ私も同じのを！」

「以上でよろしいでしょうか？」

せっかく旅行に来たんだ、昼から飲んでやろうじゃないか。前で目を見開いている秋津を見て満足気に注文する。

「まさかお昼からお酒なんて……あんた実は結構楽しんでるわね？」

「実はというか、普通に楽しんでるって。旅行はご褒美《ほうび》になるって言っただろ」

「確かに言ってたわね。それで、私にもお酒飲ませてくれるんだ」

「おう、せっかくだから一緒に飲もうぜ」

「酔わせてどうするつもりよ〜」

「どうもしないって。お前酔ったらへろへろになって寝るだけだろ。今日は自分の布団《ふとん》があるから広々寝れるわ。このあと温泉入るから飲みすぎないようにな」

「は〜い」

駄弁《だべ》っている間にすだち蕎麦《そば》が到着する。見た目のインパクト強すぎるだろ。薄切りにされたすだちが所狭しと並べられたお蕎麦《そば》は、顔を離している今でさえ爽やかな柑橘《かんきつ》系の匂いを放っていた。

「「いただきます」」

さっそく蕎麦《そば》をひと口、普段ならば蕎麦《そば》の匂いがするはずが、今回はすっとした匂いが鼻を抜ける。全く別の料理だこれ。

「う、うま〜〜！」

いつもの如《ごと》く目の前では秋津がもっもっと頰張っている。リスかよ。

濃いめのつゆに冷えた蕎麦《そば》、そして皮ごと入ったすだちが夏を引き立てる。暑い日にこれは良《い》い。

普段ならばズルズルといくところ、すだちの風味を長く感じたいから丁寧に食べていく。蕎麦《そば》を楽しんでいると目の前にコト、とお猪口《ちょこ》が置かれる。いつの間にか秋津が入れてくれたらしい。

「あんたほんと、ご飯食べてる時は周り見えてないよね。まぁそこがかわいくていいんだけど」

「かわいいかは置いておいて、確かにもう味覚に集中したくて何も見えてないし何も聞こえてないな」

「食への情熱が凄《すご》いわね」

「食べることはすなわち幸せだからな」

カチン、とお猪口《ちょこ》を合わせてくいっと一息で飲みきる。キツめの辛口がすだちの風味にぴったりだ。

ここで味変、付け合せの豚肉をぱくりと一口。豚肉の甘みと旨《うま》みが口の中で弾《はじ》ける。すだちの酸《す》っぱい清涼感とは真逆の豚肉の脂がこれまた日本酒に合う。

これも普段残業まみれの自分たちへのご褒美《ほうび》だ、存分に楽しませてもらおう。

二人でゆっくりとすだち蕎麦《そば》を満喫し、お会計。再びぐうたらすべく俺たちは宿へ向かった。

旅館に戻ると、そばで満腹のお腹《なか》をさすりながら一目散に部屋へ。

旅館特有のあの椅子に座ると、秋津は早速茶菓子を開けている。あれだけ食べたのにまだ……？

流石《さすが》は食欲モンスター、旅を味わい尽くすことに余念がない。仕方ない、俺はお茶を淹《い》れてご機嫌取りでもしようか。

だらだらと駄弁《だべ》ること数十分、お腹《なか》も落ち着いてきたしそろそろ旅のメインを楽しまねば。

どちらからともなく手にはタオルと着替えの浴衣《ゆかた》を準備する。もう温泉に行く準備はバッチリだ。

外湯ももちろんあるがこの旅館にも大きめの温泉があるということで、今日は中でゆっくりすることにした。

「そんじゃいきますか～！」

「あんた本当テンション高いわね」

そりゃテンションの一つや二つ上がるだろう。温泉だぞ温泉！

1階まで降りて男女の暖簾《のれん》前で分かれる。

「多分俺が先あがるから鍵持っとくな」

「はーい、ゆっくりしてくるわ」

意気揚々と青色の暖簾《のれん》をくぐる。すでに温泉特有の匂いが立ち込めており気がはやる。

カラカラカラ、と軽い音で扉を開けた。もうもうと立ち込める湯気、カポーンというあの音。

ばしゃばしゃと掛け湯をしてまずは身体《からだ》を洗う。どうせもう一度洗うことになるだろうが、一旦はな。

「おぉ……」

露天風呂《ろてんぶろ》に出て思わず声が漏れる。光を取り込んだ温泉は、日々の疲れを癒《いや》すかのように美しかった。まぁ裸のおっさんが何人もいるわけだが。

俺もご多分に漏れずお湯に浸《つ》かる。少し肌がピリッとするが、これがいい。鉄分を含んだお湯は独特の匂いがする。

肩まで浸《つ》かること数分、身体《からだ》の芯から温まってきた。

次はサウナ、なんと外に備え付けられている。身体《からだ》の水分を拭き取ると、むわっとしたオレンジ色の空間に足を踏み入れる。

入って十数秒で全身から汗が吹き出る。

外に出て水を身体《からだ》に掛け、またサウナに入る。汗と一緒に残業で溜《た》まったストレスも排出されている気がする。

満足した俺は最後再び身体《からだ》に水を掛け、屋内に戻る。丁寧に身体《からだ》と頭、顔を洗う。……一応髭《ひげ》も剃《そ》っておくか。近くで寝るからとかじゃないけど。

さっぱりして温泉から出る。

身体《からだ》を手早く拭いて髪はタオルドライ、服を着ると洗面台に向かう。化粧水を顔に染《し》み込《こ》ませて歯も磨く。どうせこれから夕飯なんだけど、お風呂《ふろ》で綺麗《きれい》になったらとことん寝る準備を進めたくなるよな。

髪を乾かして暖簾《のれん》をくぐる。目指すは瓶の自販機。

普段外では見ない自販機に小銭を入れる。キャッシュレス化が進んだ現代でこうやって小銭を入れて瓶の牛乳を買うのが好きだったりする。

この身体《からだ》がほかほかの状態で冷えた牛乳が飲みたいと、フィルムを剝《む》く手が焦《あせ》る。

ようやくキャップに手をかける。

口にした瞬間、牛乳特有の甘さが喉を滑っていく。これ、これを求めてたんだ。

ひと口で瓶の半分ほど空けてしまう。後味までしっかり堪能《たんのう》して残りはちびちびと飲んでいく。

休憩スペースに備え付けられたテレビをぼーっと見ながら時々瓶に口をつける。こんな時間が毎日あればいいのに。

やがて真っ白な牛乳は姿を消す、それを合図に重い腰を上げて部屋へと続く道を進んでいった。

鍵を差し込んで回すも、いつもの揺れているクラゲは今日はいない。

畳の匂いに包まれた部屋は「癒《いや》し」を体現しているかのようだった。

そろそろ秋津が帰ってくる頃だろうか、少し緩んでいた帯を締め直してだらだらと過ごす。

普段の疲れか、旅の疲れか、久しぶりに一人の時間を過ごしたからか、気が付けば俺は意識を手放していた。

カチャ、パタパタという音で意識が浮上する。目を開けるとすぐ近くに微笑《ほほえ》んだひよりの顔があった。

「ひより……」

「うん、ひよりだよ。おはよう、有くん」

「おはよう……浴衣《ゆかた》綺麗《きれい》だぞ」

「えっ……ありがとう、どうしたの突然」

ぼーっと宙を見つめること数秒、意識が完全に引き上げられる。

「すまん、寝てたわ今のなしで」

「言質《げんち》とったからなしになりません～普段から素直にかわいいって言えばいいのにね～」

「はいはいかわいいかわいい」

本当にかわいいんだから困ったもんだ。浴衣《ゆかた》を着たひよりは髪をお団子にまとめて、タオルを首から掛けていた。すらっとした脚がチラチラと見えるので心臓に悪い。

思わず目を逸《そ》らしてしまった俺は悪くないはずだ。

「それにしても寝息までたてて、よっぽど疲れてたんだね」

「やめてくれ恥ずかしい」

「いつも私の寝顔みてるしおあいこでしょ」

「それはお前が俺のベッドを占拠して起きないからだろ」

ひゅーっと鳴らない口笛を吹く、その様子が外での彼女と違いすぎて思わず笑ってしまう。

「なによ、有くんは口笛上手《うま》いわけ？」

「人並みだが」

ぴゅーっと最近流行《はや》りの曲の一節を吹く。ひよりはぐぬぬと拳を握って震えている。

「悔しい……！」

「んな口笛一つで大袈裟《おおげさ》な」

そんなこんなで畳の上でだらだらと過ごす。備え付けのテレビを流してはいるが、結局はすぐ彼女と喋《しゃべ》ってしまう。

ゆるっとした空気の中あっという間に夕食の時間になる。

コンコン、とドアを控えめにノックしたかと思えば、最初に受付してくれた仲居さんが入ってくる。

「失礼いたします、夕食の準備を始めてもよろしいでしょうか。」

「「あ、お願いします」」

テキパキと目の前で準備が進んでいくのを眺める。ひよりも思わず「おぉ…」と言葉が漏れていた。

みるみるうちに豪華な御膳がテーブルに並ぶ。今日の晩ご飯の中心メニューは魚らしい。

足音は立てず、されどさっと仲居さんたちがドアの向こうに消えていく。

用意された食卓につく。ご飯が用意されるって本当にすばらしく、そしてありがたい話だ。

「「いただきます」」

ぱんっと乾いた音を鳴らして手を合わせる。俺と同じでひよりも、相当お腹《なか》が空《す》いているらしい。

まず初めに手をつけたのは煮物だ。椎茸《しいたけ》と蓮根《れんこん》、ニンジンがつやつやと輝いている。しっかりと火を通してあるからかホクホクの根菜は口に含んだ瞬間、身体《からだ》が痺《しび》れるほどの美味さが駆け巡る。

「うっま……なにこれ」

思わず声が出る。それほどまでに、やはりプロの作る和食は絶品なのだ。じゅわっと溢《あふ》れ出《で》るだし汁が口の中で渦巻いていく。

続いてお刺身を口に運ぶ。ぷりっぷりの身にわさび醤《じょう》油《ゆ》が絡《から》んでこれまた絶品、思わずおひつから入れた米をかき込んでしまう。

「有くん有くん、これもこれも！　すんごいから！」

ひよりが指差すメインの魚に箸を持っていく。あっさりとした白身に淡白な脂、そして魚特有の濃い旨《うま》みが口から鼻を抜けていく。

うますぎる……。朝獲《あさど》れの新鮮な食材を旅館に持ち込むや否《いな》や調理したらしい、ここが家ではできないところだよな。

米の一粒、魚の骨についた身さえ少しも残さない勢いで食べ進めていく。

お酒は注文式とのこと、二人でグラスに入ったビールや地酒を次々空けていく。

「おい顔赤いぞ」

「それは有くんもじゃん～」

呂《ろ》律《れつ》の回っていないふにゃふにゃとした返事がかえってくる。なんなんだこのかわいい生き物は。外には出しておけんな。

……俺も酔いが回っているか。

温泉地で周りにビルがないからか、普段生活しているコンクリートジャングルよりは湿度が低い気がする。酒による身体《からだ》の火照《ほて》りもそこまで不快じゃない。

デザートの杏仁豆腐《あんにんどうふ》までしっかりと食べ切り、再び手を合わせる。

「「ごちそうさまでした」」

ここに来てよかった、こんなに満足な晩ご飯は久しぶりだ。

少し膨れたお腹《なか》を擦りながらぐだっと身体《からだ》の力を抜く。

酔いが多少醒《さ》めたのか、顔色を普段通りに戻したひよりが声をかけてくる。

「お酒で汗もかいたしさ、」

誘うように手を伸ばしてくる。

「お風呂《ふろ》、もっかい入ろっか」


ひたひたという足音と共にひよりが近付いてくる。くそっ、お酒の勢いに任せてＯＫするんじゃなかった。

酔いが醒《さ》めてきた頭を振って邪念を払う。

あれよあれよという間に部屋に備え付けの家族風呂《かぞくぶろ》に押し込まれたのだ。家族風呂《かぞくぶろ》が付いてるなんて知らなかった、やはり彼女に予約を任せたのは失敗だったか？

後悔の波が押し寄せるがもう遅い、雑念は湯気と共に空気へ消えていく。

「有くん、こっち見ても大丈夫だよ？」

普段は社会人然としてるくせに、酔って二人になると学生の頃のように無邪気になるのやめてくれ。というかストレスを俺で発散してる説が濃厚だよな。

現実逃避をやめてひよりの方に目を向ける。タオルに包まれた彼女の肌は、空に浮かぶ満月に負けないほど白かった。営業で日中外歩いているはずなのにすごいな。

「い、いらっしゃい、ひより」

「どもども、ちょっとそっち詰めてよ」

円状に桶《おけ》のような形をした湯船からお湯が溢《あふ》れる。普段見ることのない肩や鎖骨が月明かりに照らされる。

家でぐーたらしている時はなにも感じないが、こう、一歩日常から離れると途端に意識してしまう。

家族風呂《かぞくぶろ》となると必然、どんな体勢でも身体《からだ》の一部は触れてしまう。家族風呂《かぞくぶろ》と銘打ってはいるものの、これどう考えてもちょっと広い一人用だろ。

彼女がこっちを見て意識しないのもそれはそれで悔しいが、かといってこちらが意識している素振りを見せるのも負けた気がする。

「きもちーねー！　まさかこの歳《とし》になって有くんと一緒にお風呂《ふろ》入ると思わなかったわ」

そんな俺の気も知らず、ひよりはにこやかに話しかけてくる。

「高校時代でも入ってたら問題だろ」

「そうだけど〜、あ、びっくりした？　家族風呂《かぞくぶろ》」

「ほんとお前やりやがったな」

「えへへ、隠し通した甲斐《かい》があったわ。お風呂《ふろ》あるからって無理やり押し込んだ時の有くんの顔すごかったよ」

彼女はいたずらっぽく笑う。大人っぽい艶をまとわせながらも、幼げな表情に頭が沸騰しそうになる。

心を落ち着けるよう、空に浮かんだ星を眺めて数秒。お湯の流れる音だけがこの小さな空間を支配する。

不意に顔にお湯が飛んでくる。この距離では当然躱《かわ》すこともできない。

夜空から目をそらして犯人の方を向き直ると、にやっと笑い両手を組んでまさにお湯の射出準備をしていた。

「おい、やめろ！　なにすんだ」

「せっかくこんな美人と一緒にお風呂《ふろ》入ってるっていうのに、あんたがかっこつけて私の方見ずに空ばっか見てるから」

「だからって顔にかけるなよ……小学生か」

「あー！　そんなこと言うんだ！」

再び顔にお湯が飛んでくる。わかっていればガードも容易《たやす》いもんだ。

いつの間にか頭が脈打つような変な緊張は霧散していた。

「ここ掛け流しらしいし明日の朝も入る？」

「一人で早朝にゆっくり入るわ」

「じゃあ私も～」

「無理無理、お前酔ったら起きれんだろ」

「そこは一緒に寝てる有くんが！」

「起こさんからな」

その言葉を最後に少しの沈黙、再びお湯が流れる音が耳朶《じだ》を打つ。転ばないよう設置された間接照明も今は憎らしい。顔が赤いのはきっと熱いお湯のせいだ。

濡《ぬ》れないよう束ねた髪を解いて彼女がこちらに向き直る。髪、下ろしてるのもやっぱり綺麗《きれい》だ。

「ねぇ、今日はありがとね。ほんとに楽しかった。」

「こちらこそ、ご飯も美味《おい》しかったし」

「うん、それでね……」

満月よ、今だけは隠れてくれないか。俺は知っている、この後に続く言葉を。

しかしフェアじゃないと思う。何回も言わせるのはずるいよな。でも、でもまだもう少しだけ。

「ひより」

思ったよりも低い声が口から出たことに自分で驚く。

「うん」

大丈夫だから悲しそうな顔しないでくれ。まだ自分に自信がないだけ。入社したばかりのあの時の縁がたまたま繋《つな》がって、それも俺が彼女を助ける形で。

弱い俺は恩返しと好意が混ざっていないか疑心暗鬼になっているのだ……本当はそうじゃないとわかっているのに。

いつか、いつか自分のことを好きだと言ってくれる彼女の好意を、全部まるっと受け入れられるようになったらその時は。

「わかってるし俺もそのつもりだからさ、もうちょっとだけ、あともうちょっとだけ待ってくれないか。ずるいのはわかって……」

遮るように手が伸びて髪に触れ、優しい手つきでくしゃっとする。

「いいよ、待ったげる。」

美しく微笑《ほほえ》んだ顔は今までのどんな顔よりも大人びて見えた。

「でもこれくらいはいいよね」

パシャッという水の音。刹那、ひよりの顔が目の前に現れた。すっと通った鼻筋、赤くなった頬、次いで綺麗《きれい》な黒い瞳が見える。

お湯よりも熱くて、そして柔らかいものが額に触れる。

「私、先に上がってるから」

空気を読んでいたのか雲の後ろから再び月が顔を出す。

俺は短く息を吐くと、身体《からだ》を湯船に預けた。

肌を撫《な》でるツンとした空気は、夏というよりも秋の顔をしていた。

営業課の美人同期と出張するだけの日常

木々の葉も色付いてきて、夜になると少し気温が落ち着くようになってきた。

クラゲのキーホルダーが付いた鍵を差し込んで回す。あたりはもう真っ暗である。

時刻は22時、そりゃ夏とはいえ暗くもなるわな。旅行明けの月曜日から残業なんて本当についてない。今回は鈴谷《すずや》君と春海《はるみ》さんのミスを回収していたらこんな時間になってしまった。

後輩のミスをカバーするのも先輩の務めだが、小峰《こみね》さんの分まで何とかするのは違う気がする……。先輩じゃん、小峰さん。

そんなこんなで明日の朝には全部元通りにするためこんな時間になってしまった。俺は人間が眠った後に仕事する妖精さんか？

何とか身体《からだ》を動かして帰り道に食材を買って帰宅。0時まで開いているスーパーのなんとありがたいことか。腹いせにストロングなチューハイまで買い物カゴに入れたのは内緒だ。

手早く着替えると相棒のフライパンと豚肉、そして冷蔵庫からキムチを取り出す。そう、今日の晩ご飯は豚キムチである。

油を薄く引くと塩コショウを振った豚肉を投入。深夜とは思えない音と匂いが部屋に広がる。

こう、まともに一人で料理するのも久しぶりな気がする。今のこの生活が気に入っていて、なかなかどうして変えたくなくなってしまうんだよな。

豚肉を裏返すと綺麗《きれい》な焼き目、めんつゆとキムチを入れて炒《いた》めていく。

こんな疲れた日には簡単な料理すらも億劫《おっくう》である。

めんつゆに火が入り香ばしい香りが鼻を抜ける。

そろそろできるか、冷凍庫からご飯を取り出してレンジにシュート、同時にお湯も沸かす。

野菜にも照りが出てきて豚キムチが完成する頃、電気ケトルのカチッという音とレンジのピーッという音。

お茶碗《ちゃわん》にご飯を、深皿に豚キムチを盛る。リビングの机まで運びながら、ついついもう一人居ればなぁと思ってしまう。

インスタント味噌汁《みそしる》まで準備すれば豚キムチ定食の完成だ。

「いただきます」

小さく呟《つぶや》いた独り言が壁に反射する。昨日までは残業モンスターがずっと一緒だったからかやけに寂しい気がする。これが当たり前だったのにな。

気を取り直して早速、赤く輝く白菜を箸で摘む。濃いめんつゆの匂いとキムチ特有のピリッとした味わいが広がる。

堪《たま》らず手に取った銀色のそれをカシュッと開けた。

「ふぅ〜」

爽やかなレモンが口に残ったキムチ味を流していく。仕事終わりの一杯はたまらん。

つやつやのご飯は一度冷凍したとは思えないほどほくほくで、濃い味の豚キムチや味噌汁《みそしる》とよく合う。やっぱり米は毎日食べたいな。

今日はあいつ営業先から直帰だっけ。春頃に比べれば彼女のことを思い出す回数が増えた気がする。なんだか手のひらの上で転がされている気がするが、まぁ頭に出てくるのだから仕方ない。

もぐもぐと口は動いていく。今日は昼抜きだったからもっとくれと胃が騒いでいる。

「はぁ……ごちそうさまでした」

空になった皿たちを眺めながら感謝の意を込めて手を合わせる。

今日のご飯も美味《おい》しかった、美味《おい》しかったのだがやはり食べるなら一人より二人で。

相当あいつにやられてるか、なんて考えながら食器をシンクに運ぶ。

皿の上で踊る箸はどこか楽しげだった。

◆　◇　◆　◇

木曜日。今週は秋も深まるというのにやけに暖かかった。

定時になると皆そそくさ帰る準備をしている。そう、明日はお休みなのだ。三連休のなんと心躍ることか。

「失礼します」

こちらに目を合わせながら春海さんが挨拶、今日はこの後飲みに行く。別に一緒に帰りながら途中で行けばいいと思うが、どうもだめらしい。若い子の考えることはよくわからん。

「あれ、鹿見《しかみ》早くない？　めずらしい」

俺も帰る準備をしていると目敏《めざと》い小峰先輩が話しかけてくる。いいじゃないか、たまには定時退勤しても。

「今日この後予定あるんですよ」

「お、ついに彼女できたか……!?」

「そんなんじゃないですって、ただの飲みです」

PCをシャットダウンし、Bluetoothマウスとキーボードの電源も落とす。

個人情報系の書類が机に出ていないことを確認して小峰さんに一言。

「んじゃ、お先に失礼します」

疑わし気な先輩の目を受け流し、エレベーターホールへ向かう。今日は秋津《あきつ》は実家に帰るとか言ってた気がするな。流石《さすが》に何回もタイミング悪く春海さんと歩いている時に会うこともないだろう。

愛《いと》しき我が社のドアをくぐる。時刻は18時と少し、確か待ち合わせは19時半だったはずだ。秋とは思えないぬるい風が頬に触れる。辺りはもう暗くなっているから身体《からだ》が錯覚を起こしそうだ。

今日も今日とてクラゲのキーホルダーを揺らして帰宅、確か私服で来て欲しいと言ってたっけ。

クローゼットから秋服を見繕う。社会人になってからはめっきり私服で過ごすことが減ってしまった。

黒のスキニーパンツにサンイエローのニット、後は秋津と買い物に行った時に買わされた黒縁の伊達眼鏡《だてめがね》を掛けていく。

「よし、いくか」

時刻は19時ちょうど、春海さんの最寄りはうちの近くだからこれくらいで間に合うだろう。

店の前で待つこと数分、向こうからポニーテールを揺らして春海さんが歩いてきた。

「お疲れ様です、鹿見さん」

「うん、おつかれ。春海さん。私服見るのは初めてだけど似合ってるね」

くすんだピンクのワンピースに真っ黒なヒール、いつもより少しだけ紅《あか》い唇と目元の彼女は、秋が溶けているようだった。

普段スーツ姿の彼女を見ているからか、大人な雰囲気を出されるとこちらも気後れしてしまう。

何とか平静を保ってお店のドアを開ける。

今日訪れたのは地元の野菜を使った料理が有名で、ワインの美味《おい》しいお店だ。

淡い光に包まれた店内に入ると、カウンターに案内される。彼女を奥に通して、自分は手前に座る。

あまりこういう場所に来たことがないのか、春海さんはソワソワしている。

「どうした、緊張してんの」

「あ、はい……普段あんまり外に飲みにいかないですし、ちょっと、鹿見さんと二人だからというか、あのあの……」

ちょっと最後の方は何言ってるか聞こえなかったけど……そうか、女子会とかだとカウンターに二人並ばないよな。知らんけど。

メニューはドリンクのみ、今日はコースでの予約だ。

白ワインをボトルで頼むと銀色の小さなバケツに氷と水と一緒に入れられた状態で運ばれてくる。

おぉ……と漏らすと、緊張が解けたのか春海さんがくすくすと笑っている。

「なんでそんなに笑ってるの」

「いや、先輩はこういう場所慣れてらっしゃるから気合い入れなきゃと思ったんですが……」

「いいよいいよいつも通りで」

　ふりふりと揺れている緩く巻かれたポニーテールが愛らしい。グラスに注いでカチンッと合わせる。

「「乾杯」」

　薄透明の液体を呷《あお》ると、ぱちぱちとはじけるワインが口を満たした。

「ん……おいし」

　思わず言葉がこぼれる。口の中をリセットしていくかのようにさっぱりとした味が広がっていく。食前酒としてスパークリングワインが使われるのも納得だ。

　続いて運ばれてきたのはアスパラの目玉焼きのせ。家で作るのは黄身が見えているが、この目玉焼きは両面ふんわり焼かれている。

　フォークとナイフで黄身を割り、切ったアスパラにつけて口へ運ぶ。ピリッとした黒胡椒《くろこしょう》にアスパラと玉子本来の甘みがよく混ざって、まさに絶品。店員さん曰《いわ》く、このアスパラはこの市で採れたものを使っているらしい。

　もちろん美味《おい》しいものはそれはそれで幸せだが、背景を知っているとより楽しく食べられる気がする。

　右隣には綺麗《きれい》な所作でアスパラを切る彼女、こういうところで育ちが見えるよな。確か学生時代はずっと女子校だっけか。

ほんのりとピンクの頬を緩ませる春海さんは、先程と違って年相応に見える。

コースは進み、ワインのボトルも半分になった頃、やはり話のメインは仕事についてだ。

「今期なかなか大変だったよな、鈴谷くんも春海さんもよく頑張ったと思うよ」

「ありがとうございます……去年はもっと落ち着いてたのに」

「あぁ……あれが特別なだけで、今の方がいつも通りって感じかな」

「えぇ……これが続くんですか……」

「まぁまぁ、大丈夫。俺のあっちのプロジェクトも大詰めだし」

「営業課に鹿見さん取られるの大変なんですからほんと」

頬を膨らませてぷりぷりと怒っている。

かわいいな、と口からこぼれそうになる。酔いも回ってきたか、少し身体《からだ》が熱い。

今日のメインは魚らしい、白ワインを頼んでいてよかった。テーブルに丁寧に置かれたのはきのこと鮭《さけ》のムニエルである。

外はパリッと中はふんわりの白身魚は本当に白ワインと合う。付け合わせの野菜もほくほくで、少し暖かくなったとはいえ秋の風に晒《さら》された身体《からだ》に染《し》み渡《わた》る。

「これ美味《おい》しいな」

「ほんとに、こんなの家じゃ作れないですよ」

「そういや春海さんって一人暮らしよね、料理とかするの？」

「大学時代から一人暮らしでして、料理は人並みです……人様にお出しできるようなものは……昔習ってたので苦手ではないんですが」

「料理に習うとかあるのか、すげぇ」

「親がその辺厳しくて」

独学も独学、ジャンクなものを作って秋津に食べさせている自分が恥ずかしくなる。

「で、でも鹿見さんもお料理上手ですよね？　いつかいただいたお弁当、とっても美味《おい》しかったです！」

「ありがとね、そんな気を遣わなくても」

「嘘《うそ》じゃないです！　鹿見さんさえよければまた……」

「お、じゃあまた作ってくるね」

ふんわりと時間は流れていく。会社の昼休みだとこうもいかないし、たまに飲みに行くの楽しくていいいな。

「あ、ちょっとお手洗いに……」

少し高めのカウンターチェアから降りる春海さん、っとヒールが床のタイルに滑って転《こ》けそうになる。

「ちょっ……」

手を伸ばし、思わず引き寄せて抱きとめてしまった。緩く巻かれたポニーテールが頬を掠《かす》る。

秋とは思えない香りが鼻に抜ける。

驚くほど軽くて柔らかい彼女の身体《からだ》に動揺する。

すぐに抱きとめた手を離す。

顔を上げた彼女と目が合う。いつかの飲み会帰りに見た綺麗《きれい》なブラウンの瞳、会社で見るよりも紅《あか》い頬、整った鼻筋が見える。半開きの唇から目が離せない。

時間にして2秒もなかっただろう、急いで顔を背ける。

「ごめん……こんなつもりじゃ」

「い、いえ、助かりました。ありがとうございます……」

名残惜しそうに腕から手を離す彼女、長く綺麗《きれい》な指先に視線を奪われてしまう。

奥のお手洗いに消えていく彼女を見送る。

自分の手に季節外れのあの、薄いピンク色の花の匂いが残っている気がする。

ぶわっと上がった体温を冷ますかのように、俺はなみなみとグラスに注がれた白ワインを飲み干した。


カチャ、とドアを開ける。お会計はもちろん俺で、財布からお札を出そうとする春海さんを必死に止めている。

「だからいいいって先輩だし」

「いえいえ！　お誘いしたのは私なのでせめて半分！」

「だめ」

ここは譲れない。先輩としての意地と小さなプライドだ。

「うぅ……ありがとうございます……この借りはいつか」

「それ悪役のセリフみたいだって」

二人でふふっと笑う。時刻は22時前。

普段外食する時は会社の近くか自分の最寄り駅の近くだからか、知らない景色にわくわくする。彼女を送り届けた後は歩いて帰ろうかな。

「春海さん、家まで送るよ」

「あ、ありがとうございます」

春海さんの家方面に歩き出す。先導する彼女の後ろ姿を見て、先程のことを思い出してしまった。ポニーテールとワンピースの裾が踊っている。

あれ、こんなに歩くの遅かったっけ。

駅前の街灯はどんどんその数を減らしていく。今週は暖かかったとはいえ秋の夜、風は冷たくなっていた。

「鹿見さん」

「ん？　どうしたの」

「私酔ってるみたいで」

そういうと速度を落として俺の隣に並ぶ。

「また転《こ》けるかもしれないので」

直後、ふわっとあの香りが。腕こそ取らないものの、彼女との距離はほとんどゼロだった。右隣からほんのりと体温を感じる。

「少しだけ、寄り道してもいいですか？」

俺も酔った日は沢山歩いてから帰りたくなる。

「いいよ、歩こうか」

ほんとならここ真《ま》っ直《す》ぐなんですけど、とはにかみながら彼女は右に曲がる。

連れてこられたのは小さな公園。木曜日の夜だからか他に人は見当たらない。

ととっと小高い丘に彼女は登っていく。

「ここ、引っ越してきた時に見つけたんですけど、お気に入りの場所なんです」

「街の遠くまで見えるね」

「そうなんです。駅まで見えますし、星も綺麗《きれい》で」

駅から少し離れているからかこの辺りは比較的暗い。それも相まって駅方面の照明がキラキラと輝いている。

空を見上げると満天とは言わないまでも瞬《またた》く星が目に映る。もうそろそろ出番だと東側の空にオリオン座が見えた。

「ここ、見てください！　鹿見さん！」

丘の中心に進む春海さんを追いかけると、そこには目を見張る光景が広がっていた。

木の近くに立ち、こちらを振り向く彼女の周りに桜吹雪が舞っていたのだ。まるで一枚の絵画のような瞬間から目が離せない。

「狂い咲きですよこれ！　ここ最近暖かかったですもんね～」

「これまたすごいな……」

秋を春と勘違いしたのか、白と赤を薄めた色した花びらが今が盛りとばかりに吹きすさぶ。

えへへと笑いながら春海さんがこちらへ戻ってくる。

「ねぇ先輩？」

「ん？」

ささやくような声も、夜の静寂では耳朶《じだ》を打つ。

「今はまだ勇気がないんですけど」

静かに彼女の話に耳を傾ける。ほんの空白、ヒールの音だけが響く。

「いつか、いつか私のこともちゃんと見てくださいね」

応える間も無く、彼女は丘を下りていく。先程よりも足取りが軽い彼女は、跳ねるようにこちらを向くと口を開く。

「今日はありがとうございました。ここからは自分で帰ります！　あ、それと……」

いたずらっぽい表情を浮かべて、でもそれがどこか大人っぽくて。

「秋津さんにお伝えください！　狐《きつね》のお面、お似合いでしたよって」

◆◇◆◇

ある火曜日、今日は珍しく定時退勤の予定だ。いやなにか特別予定がある訳ではないが、最近後輩ズ二人の成長がめざましくカバーをする必要がなくなってきたのだ。

せっかく定時で帰るんだ、普段残業していたら行けない店に行こう。

ということでやってきたのはドーナツ屋さん。遅くまで開いててくれるミスターなお店もよく行くが、今回は最寄り駅前にある個人経営のお店だ。

ドーナツの穴を穴だけ切り取れないように、残業も定時退勤があって初めて成り立つんだなぁ。

ショーケースに並べられたドーナツをひとつひとつ見ていく。彩《いろど》り豊かに主張する彼らは、まるで宝石のようだった。

うーん、チョコ系もいいしクリーム系もいいな……晩ご飯としてお惣菜系《そうざいけい》のミートパイとかも捨てがたい。

むむむ……とうなっていると左からサラサラの髪が頬を撫《な》でる。

「有くんはこのチョコがいいんじゃない？　私クリームの買うからわけっこしましょ」

ご存じ食欲モンスターである。こいつほんとどこにでもいるな。

「お前、後ろからつけてきたのか？」

「んなわけないじゃない！　私も定時で帰れたからドーナツ食べたいなって思っただけよ、自意識過剰～」

「うるさい胸に手を当てて普段の行動を振り返ってくれ」

「胸に触れだなんて、こんな往来で」

「だめだこいつ、脳の大事な部分がやられてる……」

るんるんと楽しげな秋津を引き連れてマンションに向かう。

道すがら、俺の数歩前を歩きながら秋津がこちらを振り向いて口を開く。

「そういえばあんた、私が実家に帰ってる間に浮気《うわき》とかしてないでしょうね？」

軽く聞いてくるが、選択を間違えると一気にゲームオーバーになるような圧を感じる。どうしてこう簡単に威圧してくるんだ。俺も習得してこの食欲モンスターを黙らせてみたい。

「浮気《うわき》ってなんだよ。なにもないぞ」

「おっかしいわね～。私のセンサーによると黒髪のかわいいかわいい歳下《としした》の女の子にうつつを抜かしているって反応してたのにな～」

俺の鞄《かばん》やジャケットに隠しカメラでも仕込んでんのか？

「やめろ、いわれのない非難だ！」

実際いわれのない非難なんだが、こう改めて指摘されるとなんだか悪いことをしている気持ちになるな。俺は悪くない、こんな証拠のない裁判で負けないぞ。

意思を強く持って彼女を見つめていると、ふぅと一息ついて秋津様は俺の横に並ぶ。

「今日はこれで許してあげましょう。だめよ？　浮気《うわき》は」

「したことないしするつもりもないが、肝に銘じておくよ」

それからマンションに到着するまで、先程より少しだけ肩と肩の距離が近かった。

いつもの自動ドアを抜けてエレベーターへ。

珍しく彼女が自分の部屋の階を押している。いや珍しくってなんだよ、毎日自分の家に帰ってくれ。

「ごめんね有《ゆう》くん、昨日の残り物が冷蔵庫にあるから晩ご飯は一緒に食べられないの」

「謝るな、というか毎日そうしてくれ」

「いやー寂しがるかなっと思って。その代わりデザートのドーナツは一緒に食べようね！」

「話聞いてな？」

腕が伸びてきたかと思えば、秋津が自分で買った分のドーナツたちを俺に押し付けてくる。

「だからこの子たちは預けた！　私はご飯食べてお風呂《ふろ》はいってスキンケアして寝巻きで行く

から！」

「おい待て家で寝る気満々だろお前」

「当たり前じゃない、しかも明日はいつも通りの出勤時間だから一緒に行きましょうね」

「嘘《うそ》だろ別々に出勤しようぜ……というか家に帰れよ……」

「あ、そうなると明日のスーツも持ってきとかなきゃ。もう面倒だから何着か置いていい？」

「わかったわかった。俺の負けでいいから着替え増やすのだけはやめてくれ」

最近日を追う毎《ごと》に秋津の私物が寝室に増えてきて困っているのだ。これ以上増やすのだけは阻止しなければ。

「え〜仕方ない、今日のところは諦めましょう」

いたずらっぽい顔からすんっと澄ました顔に戻るとエレベーターのチンッという音。俺の階に着いたようだ。

「んじゃ、またあとで」

「はーい私の分食べないでよー」

「食べんわ、寒いからゆっくり風呂《ふろ》入って温まって来いよ」

「そういうところで優しさ出すんだから」

手をブンブンと振って上の階に消えていく秋津、会社ではクールキャラだからかプライベートでの幼児化が止まらない。

今日も今日とてクラゲのキーホルダーを揺らして帰宅。

手早く晩ご飯を準備する。昨日作ったちくわの磯辺揚《いそべあ》げがあるし、うどんにするか。

お湯を沸かして粉末だしを入れる。昔はちゃんと鰹《かつお》やら昆布やらで出汁《だし》を取っていたことを考えると、文明に感謝が止まらない。

冷凍うどんをレンチンして器に開ける。先程の出汁《だし》とちくわの磯辺揚《いそべあ》げを盛り付けて完成だ。

いつものように手を合わせて呟《つぶや》いた。今日は一人なのになんだか寂しくない気がするな。

「いただきます」

けぷっと小さく息が漏れる。ドーナツもあるし、と晩ご飯をうどんだけにしておいて正解だった。

年々胃が小さくなってる気がする。

お風呂《ふろ》まで入ってくると言っていたから秋津が来るのはまだ先だろう、軽く掃除でもしておくか。

食器を洗い部屋に掃除機をかける。

流石《さすが》に風呂《ふろ》を沸かして入る時間はないだろうし……パッとシャワーを浴びる。

着替えて髪を乾かしているとドアの開く音、はやいな。

「きたわよ！」

パジャマにコートという異様な出《い》で立《た》ちの秋津がリビングで待っていた。

「いらっしゃい、すごい格好だな」

「手荷物を減らすにはこれが一番だったの」

勝手知ったる顔で棚を開けると、彼女はコーヒーを入れ始めた。

その間に俺はドーナツを皿に盛ってテーブルへ運ぶ。

「「いただきます！」」

先程までは一人だった部屋に二人分の声が響く。

最初に手に取ったのはチョコのリングドーナツ。そのままかぶりつくとチョコのパリッとした食感にサクッとした生地。

口の中でチョコが溶けていきまるでケーキを食べているみたいだ。昔子どもの頃、学校から帰ってきたら親が買ってきてくれたドーナツを思い出す。

ほくほくと思い出にひたっていると視線を感じる。口にドーナツを入れたまま抗議の視線を向けると、目を細めた秋津が口を開いた。

「ほんと食べる時だけは幸せそうな顔するわね」

「普段は理不尽と戦ってるからな」

手が伸びてきて眉間に触れられる。シャンプーだろうか、ふわっと甘い香りが漂う。

「どうした」

「いや、頑張ってるなぁと」

そのままぐりぐりと眉間を押し込まれる。

「このまま眉間を突かれるのかと思ったわ」

「あんたの中で私はなんなのよ……」

「食欲モンスター」

「失礼しちゃうわ、まったく」

「あでっ」

手を離す時にデコピンされる。これは無罪だろ俺……。

ぷんすかしながら秋津が手にしたのはクリームドーナツ。しっかり食欲モンスターしてるじゃねぇか。

あむあむとドーナツを頬張る彼女の頬にクリームがついている。本当に20代後半なんだろうか。

「おいクリームついてるぞ」

「とってとって～」

仕方なくティッシュで口元を拭くべく対面に近づく。すると秋津はクリームドーナツをちぎってこちらに差し出してきた。

「はいあ～ん」

ここで引くのも負けた気がする、そう思ってぱくりと指で差し出されたドーナツを口にする。

生地にかけられた砂糖がほんのりとした甘さかと思えば、食べ進めるとクリームのとてつもない甘さの暴力に殴られる。

ただ、しつこいかと言われればそんなこともなく、うどんでさっぱりとした口内にはちょうど良かった。

「ん、うまい。次行く時はこれ買おう」

「遠慮なく食べるようになってきたわね、これも進展……？」

なにわけのわからんことをごちゃごちゃと。あ、そうだ。

「そうそう、お前夏祭りの時俺といたこと春海さんにバレてたぞ」

「あらそうなの！　それはよかった」

あれ、もっと動揺して「私の完璧な変装がー」とか言うかと思ったが。

「これで会社の人にバレちゃったから隠さなくていいわね、明日から職場でも有くんって呼ぼうかしら」

「やめろやめろ、今まで苗字《みようじ》呼びだったのに名前呼びになったらそれこそ疑われるだろ」

「いいのよ～疑ってもらっても～私はそのつもりだし？　どこかの誰かさんが返事待たせてる状態だし？」

流石《さすが》に分が悪い。早くこの話題を終わらせなければ……。策士策に溺れるとはこのことか。

「この勝負、俺の負けでいいからもうこの話やめにしない？」

「いいでしょう！　私は許せる優しい女だから」

「くっ……」

「あ、話変わるけど今度お買い物行きましょ」

「何か欲しいものあるのか？」

「これと言って〜って感じだけど、色々見て回りたくて」

「おっけー、駅前のショッピングモールでいいか？」

「そうしましょ。デートだからね！」

「はいはいデートデート」

最近何も隠さなくなってきたなぁ。

明日の仕事を思いげんなりしながらも、口に含んだコーヒーはちょうどいい苦さだった。

◆◇◆◇

電車のドアが開く。改札を出てエスカレーターを上がると、とてつもない量の黄と赤が目に入る。11月も半ば、紅《あか》く染まった葉が宙を舞う季節になった。

もうマフラーを出してもいいかと思うほど気温が低い。昔は秋ってもう少し暖かかった気がするのになぁ。

さて今日は金曜日、なんと出張である。どうして営業でもない俺が出張に行かなきゃいけないんだ……。

とまぁ独りごつものの、割と前からこの出張は決まっていた。そろそろ決算資料の準備に入るとかなんとかで、西側の支社にお邪魔しに来たのだ。

支社のお偉いさんは三年前まで事務課にいらっしゃった方で、俺も小峰さんもかわいがってもらったもんだ。それもあって、本社の人間を呼ぶ時は何かと事務課のメンバーが駆り出される。

無事打ち合わせも午後過ぎには終わり、お偉いさんに美味《おい》しい和食屋さんにも連れて行ってもらった。

あとは週末に向けて自宅へ帰るはず……だった。

ここまでは、そう、ここまではよかったんだ。何故《なぜ》か隣にもう一人いるんだよなぁ今回の出張は。

そう、あの食欲モンスターである。

支社内で偶然会ったと思ったら外に連れ出されてしまった。

「やっぱ紅葉と鹿は合うわね～奈良奈良してきた！」

件《くだん》の彼女は意味不明なことを言いながら鹿せんべいを買い、群がってきた鹿たちに配っている。

楽しむのが早すぎる。いつ売店で買ってきたんだよ。

「まったく、なんでお前もこんなとこにいるんだよ」

「ドッキリよ！　と言いたいところだけど、本当に偶然なの」

話を聞くところによると、支社で行われる営業課対象の研修があるらしく、講師として本社で成績の良い加古《かこ》と秋津に声がかかったらしい。

しかし加古はプロジェクトの関係で日程が合わず、暇そうに仕事していた秋津が駆り出されたとのこと。

こいつ、いつでも余裕そうに見えて本当は忙しいはずなのに。

道路沿いに目を向けると、人に紛れて鹿が闊歩《かっぽ》しているのが見えた。

むしゃむしゃと与えられたせんべいを食《く》らう鹿は、親しみというより野性味を感じる。

お礼とばかりに鼻先を秋津にツンツンと擦《なす》り付《つ》けている。

「あんたもこれくらい単純だったらいいのに」

「俺も飯おごってくれたら喜ぶぞ」

「そういうことじゃないのよ、このひねくれ者が」

お前は何も持っていないのかとばかりに俺の周りにも鹿が集まってくる。すまん、名前だけ

は お前たちと同じだから許してくれ。オレ、ワルイシカジャナイ。

それはそうと、なにも俺の打ち合わせと営業課の研修を同じ日程にしなくてもいいじゃないか……陰で糸を引いてる人間がいるのかと疑ってしまう。

公園の水辺を並んで歩く。せんべいを使い果たした秋津には興味が無くなったのか、鹿たちは好き好きに散っていく。まったく現金なやつらだ。

「明日も家でゆっくりしたいしもう帰るか？」

「そうね～少し散歩したら帰りましょ」

慣れない土地を進んでいく。打ち合わせだけして帰るつもりだったからコートも薄いしマフラーもない。冷たい風が身体《からだ》に当たる度、寿命の縮まりを感じる。

夕陽《ゆうひ》に照らされた千二百年前の建築は、今なおその厳かな出《い》で立《た》ちを崩さない。誰かが守ってきたんだと思うと、歴史そのものよりもそれを保存した人間の苦労に涙が出る。まぁ何回か再建されてるみたいな話だった気がするが。

薄紫色の街を歩く。一日の中でもこの短い時間が好きだ。自分より少しだけ身長の低い彼女に目を向ける。

真っ黒な瞳に長いまつげ、形の良《い》い唇まで見たところで振り向いた秋津と目が合った。

「見すぎ」

「うっ、すまん」

「意外と視線ってバレてるんだからね。それで?」

「いや何も無いけど」

「あるでしょうが、感想。これだけ見てたんだから」

「うーん……その、綺麗《きれい》だなって」

口籠りながら答える。今更だがこいつは本当にモテるのだ。こういうカラッとした性格に美形、仕事もできるときたらそりゃそうだ。

いつものクールキャラからか年下にモテると、これは本人談だ。その話になった時、なんとも否定できず気まずかったのを覚えている。

「あたりまえじゃない。この季節は私のものだから」

少しだけ底上げされたパンプスが地面を蹴る。水辺の柵に寄りかかっていた俺の前に彼女は躍り出た。

一瞬、ほんの一瞬だけ時が止まった感覚に襲われる。

ひらひらと舞う紅葉は秋そのもので、

「ところでさ」

目を開く俺を尻目に、彼女は首に巻いていたマフラーを解き、俺へ巻き付ける。

「秋と鹿ってお似合いだと思わない?」

◆
◇
◆
◇

時刻は17時と30分、俺たちは新幹線の駅構内にいた。秋津のお陰で首元も暖かく、無事帰路につくことができた。

出張の帰りといえばビールと駅弁、異論は認めるがこの組み合わせで新幹線に乗ったことのない人は一度でいいから試して欲しい。戻れなくなるぞ。

そんな訳で改札に入ってすぐに解散した俺たちは、それぞれ晩ご飯を選ぶのだった。

目の前に並ぶのは珠玉の弁当たち。おこわのおにぎりにビフカツサンド、たこ焼きに御膳と選《よ》り取《ど》りみどりだ。

金曜日の夜ということもあって、疲れた社畜たちの姿がちらほら見える。彼らも俺たちと同じく出張に来ていたのだろうか。

よし、と決めて旬の味覚御膳を手に取りレジへ並ぶ。いやービフカツサンドと悩んだが……。

ついでに缶ビールとおつまみを購入して乗るはずの新幹線が来るエスカレーター下に向かう。

「あ、マフラーありがとな。薄着だから助かったわ」

首に巻きっぱなしにしていた薄い紫色のマフラーを外して秋津に渡す。

「いいのよ～」

軽く返事をしながら受け取った秋津はそのままマフラーに顔を埋める。

すぅ、と大きく息を吸ったかと思えばキリッとした顔に戻る。

「おい」

「なによ、返してもらったマフラーを巻いただけじゃない」

迷惑そうに秋津が首を振る。

「いやいやそれで通ると思うなよ、変態がよ」

「通常運転ですけども」

「なお悪いわ」

舌戦はいつも通り俺の負け、諦めて長い長いエスカレーターに乗る。そうかこちらは右側に立つのか。

会社の都合での出張なのでもちろん経費で指定席。広々した座席に座ると足を伸ばす。

カシュッとプルタブを開ける。これが疲れた大人の勝鬨《かちどき》だ。なにはともあれとりあえず乾杯、となりで秋津も疲れた顔で銀色の缶を見つめている。

もう何度目だろう、乾いた喉に琥珀色《こはくいろ》の炭酸を流し込む。

苦くて飲めたもんじゃねぇな、そう思ったのは何年前になるだろうか。今では仕事終わりの至福の時間、社畜たちの楽園、疲れた身体《からだ》を癒《いや》す特効薬となったビール。

「っはぁ〜〜〜〜うま」

二人してアルコール臭いため息をつく。重荷のない出張とはいえ長距離移動はアラサーの身体《からだ》に響くのだ。

「もう私、当分出張はいいかも」

足をだらんと投げ出し秋津がこぼす。

「わかる。25超えてから長距離移動がきつい」

さてさて、疲れた身体《からだ》を癒《いや》すためには美味《おい》しいご飯が必須である。

早速ビニール袋から弁当を取り出すと、となりで秋津もごそごそしている。

「お前何買ったの」

「ビフカツサンドよ！　どう、一緒？」

「甘いな！　俺はそれと迷って旬の味覚御膳だ」

「う〜私もそれと迷った！」

詮もないやり取りをする俺たちを横目に新幹線は進んでいく。

割り箸で摘んだのはタケノコ。

他の野菜にはないコリッとした食感にうっすら出汁《だし》の味、タケノコ本来の甘みとまぶされた鰹節《かつおぶし》が広がる。これを米と一緒に炊き込んだ人間は天才だ。

続けて煮物の椎茸《しいたけ》、すでにぷるぷると震えて見目麗《みめうるわ》しいが、口に含むとその旨《うま》みは絶品、噛《か》むと溢《あふ》れる汁に肉かと錯覚してしまうほどだ。

秋津のほうを向くと、彼女は大口を開けてビフカツサンドにかぶりついていた。絶対ソースが口周りにつくだろあれ。

じっと見つめていると彼女がこちらに振り向く。もっちゃもっちゃと口を動かしながら首を傾《かし》げた。

「あんはもいふ？」

「まじで何言ってるかわからんから一回飲み込んでからにしてくれ」

ごくんと、まるで漫画の効果音が聞こえてきそうな動きでビフカツサンドを飲み込む。

「あんたもいる？」

「いる」

少しちぎって手渡してくれたそれを受け取った瞬間、重みに思わず笑みがこぼれる。これ一口は無理だろうが。

断面にぎっしりと詰まったビフカツ、衣の黒々とした部分から香るソースの匂いだけでビールが進みそうだ。

ここはかぶりつくのがマナー。人目をはばからず、というかこいつしか見てないし。

がぶりと一口、ふわっふわのパンにサクサクの衣、次いで肉の圧が口内を満たした。ビールを流し込んでまた一口、うーんこっちにすればよかったか？

貰《もら》ったビフカツサンドを楽しんでいると、秋津はいつの間にか俺の弁当を摘んでいた。おい、それはメインの鮭《しゃけ》だろやめろ。

「これ美味《おい》しいわね、私こっちにすれば良かったかしら」

「ちょっとにしてくれよちょっとに」

「わかってるわよ」

窓から見える景色がビル群から山々に変わったところで俺たちの晩ご飯は終了する、大変美味《お》味《い》しゅうございました。

新幹線特有の静寂が車内を支配する。

「そういえばクリスマス近いけど、あんたはどうするの？」

「イブイブは残業、イブも残業、当日も残業の予定」

「是非もないわね……」

「お前はどうすんの」

「私も仕事かな～、ちょっと大きめの商談あるのよね。いい子にしてるからどこかに残業で疲れて死んだ顔した優しいサンタさんが美味《おい》しいご飯作ってくれないかしら」

チラッチラッと目配せしてくる。やめろやめろ。というかそんなサンタがいてたまるか。もしいるなら休ませてやってくれ。

「んじゃ各々《おのおの》ということで」

軽く返答して窓の外に目を向ける。

「つれないわね。一応仕事終わりの時間がわかったらチャットちょうだい」

「了解」

一応部屋を掃除しておくか。こいつ営業終わりに転がり込んできそうだし。というか俺はほぼ確実に残業だがな。

新幹線は進む。静岡ってなんでこんなに横に長いんだ。

気付けば隣からすーすーと寝息が聞こえる。忘れていたがこいつ、研修の講師やってたんだよな。

不意に自分の肩に重みを感じて、次いでさらさらの髪に顔をなでられる。

降りる駅までまだまだ時間があるし俺もゆっくりしたい。

鞄《かばん》から積読の一冊を取り出そうと思ったが、体勢を変えると彼女を起こしてしまうだろうか。

ふっと息を吐くと身体《からだ》を背もたれに預けて、瞼《まぶた》を閉じた。

これ二人とも起きられなかったら終わりだな、なんて考えたところで俺も意識を手放した。

◆◇◆◇

白い息を吐きながら階段を上る。ここは会社の非常階段、俺たちは倉庫に向かっていた。

小雨《こさめ》の降る夜、時刻は20時半。俺と春海さんは決算資料の作成に必要だからと、経理課から書類の捜索を命じられていた。

手すりに触れると冷たさで手がかじかむ。

「寒くないですか？　鹿見さん」

「正直めちゃめちゃ寒いし帰りたい」

「うぅ……。なんでこんなことに……」

別件で春海さんと二人で経理課に顔を出したのが悪かった、やり手の経理課長にあれよあれよと部屋に連れ込まれ、決算で必要な書類についてこんこんと説明を受ける羽目になってしまった。

鈴谷君も呼ぼうと思ったが別件で小峰さんに連れ去られてそのまま定時退勤、相澤《あいざわ》課長は言わずもがなお子さんのお迎えで定時退勤だ。

先輩ならまだしも、さすがに上司を書類捜索に駆り出す訳にもいくまい。

「春海さん、さっさと捜して帰ろうな」

「はい、ぜひに……！」

冷えた倉庫のノブを回す。ぎぃ、と重々しい音と共に扉が開いた。

埃《ほこり》っぽい室内はいくつか電球が切れているのか薄暗い。

つい先日しまったばかりの区画を捜す。どこやったっけなぁ。

あれは小峰さんと残業中のこと、「こんなん誰が使うんだ」って二人で笑いながらお目当ての資料をファイルごと段ボールにぶちこんだのを思い出す。

くそ、あの時もっとまともな思考をしていればこんなことには……。

後悔先に立たず、手の脂が紙に吸われる感覚に陥りながらファイルを捲《めく》っていく。

「先輩、ファイルの色って覚えてますか……？」

目をしぱしぱしながら春海さんが口を開く。ポニーテールも心なしかしょげているように見える。

記憶を掘り起こすも数ヶ月前の残業時間のことなんて思い出せない。

「……黄色じゃなかったことは確かだね」

「ほとんど情報ないじゃないですか！」

目の前には青やグレー、黄色にピンクと色とりどりのファイルが山積みになっている。

もし今日見つからなかったら明日も一人で頑張ろうとは思うが、後輩を巻き込んでいる以上何かしらの成果、というか該当資料を見つけて帰りたい。

「この箱じゃないですか～？」

カタッと軽い音。

かがんだ彼女の近くの棚が揺れ、上段部からはみ出した段ボールが落ちかけている。

「ちょ、危なっ！」

咄嗟《とっさ》に近付くと段ボールを手で押さえながら春海さんを抱える。

いつかのタクシーと同じふわっとした香り。

「あの……」

目を開けるとくっつきそうな鼻先。赤く染まる頬、まん丸の瞳に吸い込まれそうになる。

「ご、ごめん、段ボール落ちてきそうでつい」

「こちらこそ不注意で……」

抱きとめた手を離すと、少しの抵抗。揺れる黒髪が視界に映る。

ジャケットの裾を摘む春海さんは、少し下から俺の顔を見上げていた。

「もうちょっとだけ。もうちょっとだけ駄目ですか……？　寒いので」

きゅっと指の力が強まる。こんな時間に会社の倉庫まで来る人はいない。

切れかけの電球のジーッという音がやけに響く。確かに寒いよな。

「ごめんね、俺は先輩だから」

少し力を入れて指を解くと目線を合わせる。

言葉に迷っていると、彼女が先に口を開く。

「あ、あれじゃないですか⁉」

先程までとは打って変わってはっきりとした声。釣られて後ろを向くと確かにお目当ての資料が。

それと同時にきゅっと腰に腕が回される。

「じゃあ今日はこれで許してあげます」

名残惜しそうに離れた指は、俺の顔の横を通るとピンク色のファイルを求めて宙を舞う。

入ってきた時同様、ドアの重苦しい音が響く。社内にはほとんど人が残っていないのか、ヒールと革靴の音が廊下に反響する。

やっとの思いで資料を捜し当てて帰ってきた事務部屋から外を見ると、粒の小さな雨が雪に変わっていた。

◆◇◆◇

今日は大変だった、本当に。経理課に顔を出したのが始まりか、終《しま》いには春海さんにも……いや、この話はやめておこうか。

季節はもう冬。

いつも通りクラゲが揺れる。残業戦士と化した俺を温かく迎えてくれるのは、自動で点灯する照明だけだ。

鞄《かばん》を床に置く。窓を開けているせいか冷たい風が部屋に入り込んでいた。

手早くスーツを脱いでスウェットに着替えると、ワイシャツや靴下は洗濯機へ。社会人になって初めて貰《もら》ったボーナスでドラム式洗濯機を購入したのは間違いじゃなかった。

ボタンを押すだけで全部やってくれる神アイテムだ。服は畳むのが面倒なので、基本ハンガーにかけてラックに吊《つ》るしている。

そもそも外に出る用事なんて、秋津と買い物に行くか飲みに行くかの2パターンしかないしな。社会人になってから服のレパートリーがすこぶる減った。

今日も今日とてキッチンに立つ。

作るのは暗殺者のパスタだ。これいつも穏やかじゃないなって思うけど、どんな由来があるんだろう。

片付けが楽だから軽率に暗殺者になっていきたい。

取り出したのはニンニク。こいつがないとイタリア料理ははじまらない。

薄くスライスして鷹《たか》の爪《つめ》と一緒にオリーブオイルを引いたフライパンで加熱していく。

フライパンを火にかけている間に残り物のベーコンを薄く切る。疲れたし肉々しいものも食べたい。

ニンニクのいい香りがしてきたらベーコンも投入、もうこの匂いだけで酒が飲めそうだ。

続いてトマト缶を丸ごと入れる。やはりトマトペーストなんておしゃれ食材は家にない。

フライパンからジュウッと音がしたかと思えば煙が立つ。

ふつふつと沸いてきたらメインであるパスタのご登場。いつもなら絞《しぼ》ってばさぁと円状に入れるところ、今回は半分に折って縦に並べる。

恨むなら26㎝の家の相棒に言ってくれ、そう祈りながらパキッとパスタを折る。

この作業を飛び散らさずにできる人間、本当に尊敬するわ。

くつくつと煮えるパスタを見つめると、やはり思い浮かぶは人間関係。社内恋愛なんてろくなことにならないのに。

後輩もなぁ。ある程度俺のことを良《い》いと思ってくれているんだろうけど……え、合ってるよな。これで間違ってたら目も当てられない。いつか秋津に言われたみたいに自意識過剰なアラサーの誕生だ。

まぁそれでも後輩は後輩としてしか見られない。こう、危なっかしげなところを見てきたからか兄のような感覚が拭えないのだ。呪いか祝福か、いつもあの食欲モンスターが頭に登場してしまう。

そういえば恋愛の話なら、大学同期が結婚するんだった、式は年明けだっけか。

スマホのスケジュール帳を眺めて独りごちる。ちょっといいスーツを出してこなきゃと頭を過《よぎ》ったところで、香ばしい匂いが。

パスタの裏面が焦げ付いてきたらひっくり返し、缶に残っていたトマトを水と一緒に流し込む。

ここまできたら後はラストスパート、塩と顆粒《かりゅう》コンソメで味を整える。

あー前に秋津が持ってきたワインが残ってたっけ。寒くなってきたしホットで飲むか。

急遽《きゆうきよ》小ぶりの鍋を準備し、赤ワインを注いでいく。蜂蜜と一緒に温めれば簡単ホットワインの完成だ。

「いただきます」

最近二人でご飯を食べる機会が多いからか、一人での食事に気楽さをおぼえると共に一抹の寂しさが顔を出す。

御託はいい、ご飯だご飯。

テーブルの中央に陣取り得意げな顔で湯気を上げている暗殺者のパスタに向かう。

フォークで巻き上げてひと口。

トマトの旨味《うまみ》やニンニクのガツンと来る匂い、それに焦げから溢《あふ》れ出《で》るコク。

パスタが舌に触れる度、まるで口の中で旨味《うまみ》たちが殴り合いをしているかのような錯覚を覚える。

二口、三口と続けて、というか続けざるを得ないほどに、指が勝手にフォークを回していく。

不意にベーコンに行きあたる。ニンニクの香りを纏《まと》ったベーコンの美味《おい》しさは言うまでもない。なんでこんなにベストマッチなんだ。食材でアイドルグループ作ったらデュオで曲出るくらいには合っている。

ホットワインの温かさで安心したのかアルコールからか、はたまた残業のせいか脳が疲れている……いやこれは絶対に残業のせいだ。

遅めの晩ご飯を堪能《たんのう》していると、スマホが震えた。

『今日も残業で疲れ果てて、でもちゃんと料理しているであろう鹿見くんに提案です』

なんだなんだ、秋津はナチュラルに俺の行動を言い当てないで欲しい。こいつの予知能力というか俺に対する予想が当たりすぎてて怖いんだよ。部屋に監視カメラとか仕掛けられていないか探すか……？

『今度のお休み、買い物行かない？　ボーナスも入るし』

かんっぜんに忘れていた、ボーナスだ。寒い部屋に一筋の光が差したかのようにテンションが上がる、何を買おうか。

『よし行こう、朝からうちでご飯食べてから行くか？』

『ちょっと返信の早さが気持ち悪いんだけど。あといつもと違って乗り気なの何？』

『ボーナスのこと完全に忘れてたわ』

『働きすぎよ、でも朝ご飯はいただくわ』

もぐもぐと口を動かしながら画面に指を走らせる。

『んじゃ土曜日で。俺は今から食べ終わった皿を片して寝るから』

『あ、やっぱり私の予想あってたでしょ？　パスタとかかしら』

『お前まじで見てる……？』

『見てたわよ、ずっとね。それじゃおやすみなさい』

スマホを裏返して机に置き、短く息を吐いて目を閉じる。

今の生活が嫌いかと言われればそんなことはない。ほんのちょっと労働時間が長いだけだ。友人とも会えるし自分の時間もある。

空になった食器たちをまとめてキッチンに運ぶ。こうやって連絡をとって会うのも、本当は当たり前じゃないんだよな。

偶然、そう偶然住んでいるマンションが同じだっただけ。

無心で皿やフォークをスポンジで拭う。気温が低いからか、水道水がお湯になるまでに時間がかかる。

それでも今こうして会えるなら。

いつの間にか冷えた指先はじんわりと熱を持っていた。

◆　◇　◆　◇

俺は今扉の前に立っている。毎日朝と晩に一回ずつ見るよく知っている光景だ。

ただ一つ、いつもと違うことといえばその部屋番号である。

時刻は10時、清々《すがすが》しい土曜日の朝だ。９時に来るはずの秋津が来ないからスマホに電話してみたが出ない、おそらく寝ているのだろう。

本来ならばここでインターホンを押して起きなかったら連打、なんてことになるんだろう。

だが俺は持ってしまっているのだ、この部屋の鍵を。

クラゲのキーホルダーが揺れる。いつもとは違う方の鍵はすんなりと入り、その役目を果たす。

中にお邪魔して扉を閉める。一応鍵をかけることも忘れない。

「おーい起きてるか」

お隣さんに怒られない程度に声を上げるが、物音一つしない。俺の部屋とは左右反対の廊下を進む。このまま突き当たりまで行けば俺の部屋より広いリビングが広がっているが、今日は手前のドアに手をかける。

コンコン、とノックしてみるもののやはり返事はない。熟睡しすぎだろ、昨日遅くまで残業でもしたか？　もしそうなら言ってくれれば集合時間を昼にしたのに。

意を決して中に入る。普段彼女と過ごしていると時たま香るあの匂いがたちこめていた。部屋にはセミダブルのベッドとナイトテーブルが置かれている。

ベッドの真ん中で眠る彼女はもぞもぞと布団《ふとん》を手繰り寄せている。寒いよな、冬だし。

ナイトテーブルに置かれたスマホに通知が来て明るくなる。おい、なんでロック画面がまた俺の実家のねこ様で前回と違う写真なんだよ。もしかして俺が知らない間に俺の実家に帰ってるのか……？

「秋津」

「ん〜〜〜」

いやいやと首を振る27歳営業職女性。旅行に行った時もそうだったが、こいつは本当に起きない。

しゃがみこんで布団《ふとん》に手をかけると、うにゃうにゃ言ってる秋津が俺の腕を摑《つか》んで抱きかかえようとする。

「ちょ、危ないから」

なんとか枕元に手をついて体勢を保つ。

タイミングとはやはり悪いもので。

「おはよう、有くん。朝から襲いに来たの？」

彼女と目が合ってしまう。

「んなわけ。寝坊してるすやすやモンスターを起こしに来たんだよ」

「えへへ、朝一番に見るのがあんたの顔っていいわね」

そう言うと秋津は摑《つか》んだままの腕を引っ張り、俺を布団《ふとん》に巻き込む。最近遠慮なくなってきたよなこいつ。

俺は諦めてされるがまま布団《ふとん》へダイブ。

「今日はもうこのまま寝るのか？」

「諦めが良くなって私嬉《うれ》しいわ、それもいいわね。でもせっかくのデートだからあとちょっとしたら朝ご飯食べましょ」

「駅前のショッピングモール行くだけだろ」

「それがいいのよ、わかってないにゃ～」

きゅっと抱きつかれる。冬の朝は陽が昇っているとはいえ寒い。寝起きの秋津、なんでこんなにあったかいんだ。

ぐりぐり押し付けられた頭を背中で感じながら目を閉じる。本当にこのまま寝てしまいそうだ。

おそらく数分間、静かな息遣いだけが部屋に響く。カーテンの隙間から漏れる光は穏やかに朝を主張していた。

「ん、まんぞく」

秋津は一声放つと勢いよく飛び起きる。暖かそうなスウェットにもこもこのパーカー、冬の毛を纏《まと》った動物のような出《い》で立《た》ちをしていた。

こう、冬用の寝巻きっていいよな。

「ご迷惑をおかけしました！　準備したらおうち行くから待ってて」

「あいあい、ゆっくりでいいからな。適当にブランチでも作って待ってるわ」

ひらひらと手を振りながら部屋から出るべくドアに向かう。

「やっぱあんた一緒に住まない？　毎日朝ご飯食べたいわ」

「金とるぞ」

「生憎《あいにく》稼いでるのよ、まかせなさい」

「冗談だわ、本気にするなよ」

「冗談で済まないようにしてやるわ」

「お手柔らかにな」

カーテンを開けっ放しにしているのかリビングから廊下にまで光が入ってきている。

普段深夜まで働いているんだ、こんな休日も悪くないだろ、頭の中で言い訳しながら俺は秋津家の扉に手をかけた。

気を取り直して自室のキッチンに戻る。前日から作るのがわかっていたら朝ご飯なんていくらでも豪華にできる。

今日みたいに時間がある朝は悩む。和で攻めるか洋で攻めるか……。ホテルバイキングなんかも結局両方食べてしまうんだよな。

結局昨晩は洋食の気分だったので、パンを卵液に浸しておいた。勘のいい人ならわかるだろう、フレンチトーストである。

さて、自分用にオムレツでも焼くか。俺は結構朝から食べるタイプである、まぁそれは秋津も同じだが。

冷蔵庫をごそごそと漁《あさ》っていると玄関から物音が。あれ、早くね？

「有くーん！　準備してきた！」

「いらっしゃい、早すぎ。まだなんにも作ってないわ」

「じゃあ一緒にやろ！」

「ん」

そう言うと秋津はリビングに荷物を置き手を洗ってキッチンに入り込んできた。勝手知ったる我が家か、とツッコミたくなるほどに、棚の開け方に迷いがない。

「お前……」

「なーに？」

「いや、もう今に始まったことじゃないから何も言うまい。朝はフレンチトースト、俺はオムレツも焼いちゃうけどどうする？　さすがに玉子ばっかでくどいか？」

「んーん、私も欲しい！」

「おっけー、俺オムレツ作ってるからフレンチトースト焼いといてくれ。冷蔵庫のタッパーに入ってるから」

「はーいわかった！」

手際《てぎわ》よく準備を進める彼女を横目に、俺も冷蔵庫を開ける。

取り出したのは玉子、最近値段が上がって家計を苦しめているこの楕円形《だえんけい》の球体だが、やはり生活の中で食べない訳にはいかない。まぁ俺が好きなだけだが。

もう秋津も部屋に来ているし、卵液を濾《こ》したりと凝ったことはしない。

相棒ことフライパンにバターを溶かすと、小さな泡を出しながら表面を滑っていく。十分に熱くなったフライパンに勢いよく溶いた卵液を流し込む。

ジュッと小さく音を立てたフライパンを見て、秋津がこちらに身を寄せた。

「この玉子の海！　って感じの光景好きなのよね～もう美味《おい》しい」

食欲モンスターは料理ができる前からもう美味《おい》しいらしい。どんな味覚？　嗅覚？　してるんだよ。

「言わんとすることはわからんでもないが」

よそ見をしつつも彼女のコンロにフライパンがセットされる。

「んじゃ、私も始めますか」

彼女も俺と同じようにバターを溶かす。

「このあわあわで滑ってくのかわいいよね」

「ほんと、思考回路が同じなのが嫌だ」

「そりゃ同じ高校行って同じ会社で働いてるんだもん。諦めなさい」

やっぱり諦めるしかないらしい。俺も最近そう思ってたところだ。

「まぁ大学は違うがな」

負け惜しみを一つ。彼女は気にも留《と》めない様子でふんふんと鼻歌を歌っている。何気に上手《うま》いんだよな。

フレンチトーストは前日卵液にさえ漬けておけば後はもう焼くだけである。プロの味とは到底言えないものの、いつもよりちょっぴり贅沢《ぜいたく》できるお気に入りの朝ご飯だ。

さて、手元のオムレツである。塩胡椒《しおこしょう》で味を整えると素早く端に寄せて形を整える。この料理の大事なところは味付けではない、如何《いか》に焦がさないかである。

神経を集中させて手首をトントンと叩《たた》く。

なぜか秋津もこちらを見ている。いいからお前はフレンチトーストを焼いててくれ。

意を決して手首を上へ。軽く宙を舞った黄色は一回転してフライパンの元の位置に収まった。

よかった、毎回緊張するんだよなぁ。

隣でぱちぱちと手を叩《たた》いている食欲モンスター。

「ん～何回みても壮観ね」

それだけ呟《つぶや》くと、また上機嫌な鼻歌にＢＧＭが変わる。

完成した料理たちをいつものテーブルに運ぶ。秋津様によると、今日は対面で座るらしい。

向かい合った彼女の顔を見る。

「「いただきます」」

昨日は一人だった部屋に声が二つ響いた。

フレンチトーストにかける蜂蜜を取ろうと手を伸ばしたところで彼女の顔が視界に入る。いつもよりほんのりと赤い頰、巻かれた左右の髪が上機嫌に揺れる。染め直したばかりだろう、綺麗《きれい》な茶色の毛が柔らかい光に照らされている。

目を細めて笑いながら口にフォークを運ぶ姿は、唇の紅《あか》さも相まって冬によく似合っていた。

エレベーターのドアが開く。

朝ご飯を食べた俺たちは駅前のショッピングモールに来ていた。

「どこから見て回ろうか」

「ん〜買いたいのはそんなに高いものじゃないしすぐに決まると思うから、色々見てこ」

「よし、そうするか」

紅茶やお菓子、海外直送の食品等様々な専門店が並ぶ。入口から見た時に大量の色が目に飛び込んで来るのは楽しさを誘う。

こういう建物の構造とか配置とか、色々考えられてるんだろうなぁとどうしても仕事目線で考えてしまう。

「有くん、あそこ寄ろうよ」

秋津が指し示したのは食器が積まれたお店だった。

中に入るとすぐに店員さんがこちらに来てくれる、休日に出勤お疲れ様です。

「今日は何をお探しですか？」

ちょっと見に来ただけです、応えようと口を開くと秋津に脇腹をつねられる。俺が今から何を言うかわかったのか？　くっ、こいつ俺の脳内を……！

「一緒に使うお茶碗《ちゃわん》とかお箸とか見に来たんですよ～」

いけしゃあしゃあと秋津が店員さんに告げる。一言もそんな話してなかっただろ。

「それでしたらこの辺りに置いてますのでごゆっくりご覧ください！」

案内された一角には様々な模様のお茶碗《ちゃわん》やお皿、お箸が並んでいた。それもすべて色違い二つ一組で。

「うわぁかわいい！　どれにしよう」

「お前の買いたいものって食器だったの？」

「そうそう、もう鹿見家でご飯いただくこと多いから自分用のと、それとついでにいつものお礼ってことで有くん用のも買おうと思って」

「そんな気を遣わなくても……と言いたいところだが、それ置いたらお前ずっと俺ん家くるじゃねぇか」

「……このままスムーズに行けばなんなく家に入り込めたのに」

「もう今更だしなぁ、せっかくだしちゃんといいの選ぼうぜ」

「最近デレが多いわね……潮時？」

「その言葉、もし使うとしたら俺の方だろうが」

話しつつも目は並んだお茶碗《ちゃわん》に。うーん幾何学模様もいいが、モチーフがついてるのもいいな。

家にある食器たちを思い出しながらどれにするか考える。

ひょこひょこと色んなところにいってはサンプルを手に取る秋津が不意に戻ってきた。

「これとかどう？」

彼女が手にしていたのはクラゲがあしらわれた、赤と青のお茶碗《ちゃわん》だった。

正直めちゃくちゃかわいい。

「え、お前完璧じゃん」

「でしょでしょ～私の第一候補はこれで！」

その後数分探してみるも、あのクラゲのお茶碗《ちゃわん》より響くものはなかった。

結局それに決めようと話したところ、秋津は守るようにお茶碗《ちゃわん》を抱えてレジへ向かった。そうまでして俺に払わせたくないか。

無事、お目当てのお茶碗《ちゃわん》を確保してほくほく顔で店の外へ。彼女はまだウインドウショッピングしたいらしい。

階を変えて秋津がお手洗いに行っている間に、昨日の夜目星を付けていたお店に入る。ここまで約1分。

さっと目を滑らすと予《あらかじ》め決めていた赤いマフラーを手に取った。値札は見ない、いつも買わせてばかりじゃ格好つかないしな。

素早くお会計、こんな短い距離で申し訳ないが別日に郵送してもらう。

今買ったことがバレるとからかわれるに決まってる。

なんとか平静を装《よそお》って、先程分かれたお手洗い前に駆けつける。よかった、まだ彼女も出てきていなかった。

合流した俺たちはまだまだ店を見て回る。雑貨に服、香水や本など様々だ。やっぱり大きめのショッピングモールがあると捗《はかど》るな。

「ねぇあそことか見ていい？」

「おう、行くか」

ちゃんと確認せず彼女についていくと、そこは華やかなランジェリーショップだった。

「へぇ、意外と有くんって積極的なんだ〜、私の下着選んでくれるの？」

挑発的な笑みを浮かべた彼女がこちらをのぞき込む。くそ、やられた。こいつ俺がちゃんと聞いてないタイミングを見計らって声かけたな。

「いや、やっぱりさっきのなしで」

「はいだめです〜もう行くって決まったし〜」

強引に引っ張られ、そわそわと気まずい時間が流れる。知らねぇよどれが似合うかとか、見る機会ないだろうに。

流石《さすが》に試着室に連れ込まれそうになった時は抵抗した。なーにが実際着けて有くんの反応をみたいだ。

どこよりもゆっくりと物色する秋津に付き合わされ、俺の精神が無事ではないものの、なんとか買い物は終了した。

昼過ぎとはいえ季節は冬、眩《まぶ》しい光に照らされながらもポケットに手を突っ込んで帰路につく。

休日の午後は時間がゆっくり過ぎている感覚に陥るが、その実すぐに終わってしまう。

俺の少し前を秋津は歩いている。思えば学生時代から引っ張ってもらってばかりな気がする。今も声をかけてもらわなければ、残業の海に沈んでいたことだろう。

ずっと後ろから彼女を見ているからこそ気がつくこともある。そう、例えば彼女の鞄《かばん》が家を出た時よりも大きく膨らんでいるところとか。

営業課の美人同期と昔の恋人が出会うだけの日常

師走《しわす》。師ですら走るなら、社畜はもうスライディングくらいしなければならない。

まぁ後は来年やるか～と諦めた仕事のことは頭の隅に追いやり、どうしても年内で終わらせる必要のある仕事にとことん向き合う一ヶ月だ。

休日にショッピングモールに行っておいてなんだが、実際は平日毎日残業である。

今日は加古《かこ》のプロジェクトの打ち合わせ。事務の出番は計画を詰めて軌道に乗せるまでである。……これ事務じゃなくて企画じゃね？

まぁなんにせよ、俺の仕事は新しいオフィスデザインの完成を見ることではなく、そこまでの道筋を整備することである。

先方の希望をどこまで叶《かな》えられるかが勝負どころだな。デザイン、負担額、納期、そしてコンセプトがメインの調整事項だ。

どれかを立てればどれかが沈む、資本主義社会の難しいところだと独りごちる。

今回の大きなテーマは、「融和」。

融和、つまり反発せずに共存し、混ざり合うことである。一人で作業する人がすぐに議論へ参加できるよう、また大人数での議論からすぐに一人での仕事に戻れるような設計とのことだ。

街とオフィスの融和も目指しているとかなんとか……これはデザイナー談だ。

定刻になり打ち合わせが始まる。実働メンツも度重なる会議で打ち解けたのか和やかに進んでいく。

結局喧嘩《けんか》する訳じゃなくて何かを一緒に作っていくわけだから、そうそう白熱はしないだろう。

ポコン、とチャットの通知がPCの右下を彩《いろど》った。

『これ私らいる意味なくない？』

暇を持て余した夏芽《なつめ》からだ。まぁ俺たちは裏方だから直接何かの決定に関わることはない。がしかし、

『一応実働部隊で名前入れられてんだからサボるな』

『このタイミングでキーボード打ってるの、議事録とってるようにしか見えないから大丈夫でしょ』

『ほんとに議事録取らなきゃいけないんだから遊ぶなよ』

『どうせ録音あるし残業中になんとかするわよ』

おいおい仕事の仕方が同じじゃねぇか。さてはこいつも相当してるな？　残業。

会議は踊らず進んでいく。さて、ここからが加古含む表舞台に立つ人間の腕の見せどころだ。どこまで譲歩するんだ？

半ば映画を観《み》ているかのような気持ちで成り行きを見守る。

『そういえばさっき、エレベーターホールで飲み物買ってたら優しい美女と仲良くなったわ』

『おいおいこの会議の見せ場だぞちゃんと見とけよ』

『どうせ悪いようにはならないんだからいいのよ』

えらく仕事仲間を信頼しているようで。

まぁ俺も同僚たちの仕事の腕は疑っていないが。なんやかんやでこの会社をここまで大きくしたのはこいつらなのだ。

『んで、その美女がどうしたんだよ。うちの社員か？』

『うん、なんか波長が合うというか話がわかるというか。それでこの後ランチに行くことになったわ、あとで社内もちょっと案内してくれるらしいの』

こいつと性格合うやつなんてうちの社内にいるのか？　少し間を置いて同僚たちの顔を思い浮かべるが、ピンとくる人はいなかった。

というか外部の人間を案内するなよ。誰だ、そんなごり押しができるほど顔が利《き》くやつは。

『そうそう、秋津《あきつ》さんって方なんだけど。ああいう人が仕事できるバリキャリって言うのね』

◆◇◆◇

side：夏芽あい

私は今、取引先のオフィスにお邪魔している。先程までは打ち合わせで暇を持て余していたが、今は美人に手を引かれるが如《ごと》く先導されている。

「夏芽さん、こっちこっち」

秋津さん。凛《りん》とした雰囲気の中にも無邪気なところがあり、その上営業成績もトップと来た。逆立ちしても敵《かな》わないなぁという気持ちと、どうしてこんなに話が合うのだろうと不思議な感じがする。

「わぁ、広い……」

連れていかれる先々でこの会社の自由さに驚かされる。秋津さんが突然「部長室」と書かれた部屋に入ったかと思うと、満面の笑みで出てきたのだ。

「社内見学おっけーもらったので行きましょう！」

アポ無しで幹部級に会えるところもさることながら、社内見学なんて外部の事務員にさせていいのか……？

心配になって彼女に聞くと「だいじょぶだいじょぶ、社外秘のとこにはいかないから！」とのことだった。

フリーアドレスを採用しているのか、色んなところで社員さんがＰＣやら資料を広げている。

彼らは秋津さんが通ると、例外なく笑顔で挨拶するのだ。すごい……。

彼女もみんなと一言二言交わすと、どんどん進んでいく。もうこれ社内全員と知り合いなんじゃないだろうか。

様々なスペースを見たが、最後に案内されたのは古風なフロアだった。よくあるオフィスといったいでたち、目を引くのはその書類や蔵書の数だ。

色とりどりのファイルが棚いっぱいに詰め込まれ内線が鳴り響く。

他とはひと味違う部署の名は事務課というらしい。あれだけの書類の中、座っているのはたったの五人。とんでもない量の業務を捌《さば》いているのがこの人数だということに戦慄する。

そんな空気にも臆することなく、秋津さんは声を上げる。

「こんにちは～！」

その声に振り向く顔が四つ、みな他の社員さんと同じように顔を綻ばせている。

「いらっしゃい秋津さん」

厳しそうな印象の女性も好意的である。すごいなほんとに。

「お忙しいところお邪魔して申し訳ございません、相澤《あいざわ》課長」

その名前で思い出す。顔合わせの時彼の後ろにいた人だ。

「お久しぶりです、相澤さん」

「いらっしゃい、夏芽さん。コーヒーくらいしか出せないけど」

「いえいえそんな！　お気遣いいただいて……」

一度しか見ていない私の名前を覚えてるなんて。

かわいらしいポニーテールの女の子とがっしりした体格の男の子がコーヒーとお菓子を準備してテーブルに案内してくれる。

言われるがまま座って皆さんのお話を聞く。私も似たような業務をしているから、共感もできるし勉強にもなる。

そんな中、キーボードを叩《たた》く音は鳴り止《や》まない。

社内のありとあらゆる人が彼女に好意的に接している中一人、事務部屋の奥で作業している人間は胡乱《うろん》げな目線をこちらに向ける。そう、鹿見有《しかみゆう》である。

ちらちらと彼の方を窺《うかが》うも目が合うことは無い。ブルーライトカットメガネをかけた彼は新鮮だが、そんなこと口にできるはずもない。

いつの間にか缶コーヒーを手にした秋津さんはずんずんと部屋の奥へ進み、彼の後ろに立つ。

「ほら、鹿見くん」

「何しに来たんだ、秋津さん」

振り返りすらせずにコーヒーを受け取る。あの二人、仲悪いのかしら……。わざわざ声をかけに行っているところを見ると、うざがってるのは彼の方ね。

「たまには顔見せに来たのよ」

「そういうことは営業終わりの書類をちゃんと提出する時だけでいい」

どことなく壁があるのに言葉に遠慮はない、なんともちぐはぐな関係に見える。

ようやく手を止めると、彼は受け取った缶コーヒーのプルタブを引く。

「あ、これサンキューな」

「泣いて喜びなさい」

目線に気がついたのか、近くに座っていた男性の社員さんが口を開く。

「あぁ、あの二人同期なんだ。鹿見のことは知ってるんだっけ？　同じプロジェクトで」

「あ、はい。いつも仕事が早くて助かってます」

「あいついつの間にか終わらせてるからな」

先輩からの評価も高いらしい。

受け取ったコーヒーを飲む彼の顔を見てハッと気付く。

先程エレベーターホールで話しながら紅茶を飲む秋津さんの表情とよく似ていたのだ。私が大好きなあの顔だ。

そうか、そうなのか。ちぐはぐな距離感と言葉遣い、遠慮の無さもだからなのか。

悔しいかな、私の頭は最速で答えをはじき出してしまう。彼女と話しやすいとか好みが合うとかそりゃそうに決まってる。同じ人間を好きになってるんだから。

彼女が今の。いや、もしかするとずっと前から彼はあの人のものだったのかもしれない。

私はあんな顔を見たことがない。鬱陶しそうな、それでいて慈《いつく》しむような。傍《はた》から見れば二律背反な感情も、彼女を見ればいつものことだとわかる。

自分の今の立場が、もうすでに終わった私にはどうすることもできないこの無力感が憎らしい。

こんなに寒い冬だというのに、今日だってマフラーと手袋なしじゃ通勤すらままならない気温なのに。

「そろそろ時間ですよね」

いつの間にか近くに帰ってきた秋津さんが気を遣ってくれる。確かにそろそろうちの会社のメンバーと帰る時間だ。

朗らかに笑う彼女からは、名前通りの涼し気な金木犀《きんもくせい》の匂いが香る気がした。

それでも、大学を卒業してから切れたと思っていた縁がこんなところで繋《つな》がってしまったんだから。

であるならば、ならば手を抜いている暇なんてないんじゃないだろうか。

「夏芽さん、帰られるんですね。今日の議事録と資料諸々《もろもろ》送っといたんでご確認ください。わざわざ弊社まで足を運んでいただきありがとうございます。」

他人行儀な彼に一発お見舞いしたくて。こんな私が切れる手札はこれしかなくて。

一歩だけ足を前に進めて彼の目を正面から見る。

「ありがとう、相変わらずね。昔みたいにあいって呼んでくれてもいいのよ？　有」

眉間を押さえながら「馬鹿かよ……」と呟《つぶや》く彼を横目に事務課の面々に感謝を伝えて挨拶す

る。

その場にいた人たちは目を見開いて私と彼を交互に見ていた。ただ一人、伏し目がちな秋津さんを除いて。

私の名前とは真反対な冬も、ちょっと首元が寒いこの季節も、まだまだ捨てたもんじゃないと思えた。

◆◇◆◇

俺は知っている、秋津のこの顔を。

会社から家に向かう道すがら、現在21時と30分。

むんっと膨れた頬につり上がった目、腕を組んで臨戦態勢の食欲モンスターと対峙《たいじ》していた。

「有って呼ばれてたんだ、へぇ〜いいわね〜〜」

言葉に棘《とげ》が込《こ》められている。そもそも俺が怒られる筋合いはないのだ。普通に外部の人間に丁寧に接していただけだろうが。

「別に。今は違うしな」

「私も有って呼ぼうかしら」

もっと話がややこしくなるだろうが。

「やめてくれよ、秋津さん」

「今はひよりでしょ！」

秋津が吠《ほ》える。もう遅いんだからご近所さんに迷惑だろ。というか怒るところそこかよ、付き合いは長いものの未《いま》だにこいつのツボがわからん。

あぁ残業モンスター様、その怒りを鎮《しず》め給《たま》え。

というか最近下の名前で呼ぶことを強制されすぎて、仕事関係で話す時に思わず口から出そうになって危ないんだよな。

そういえば夏芽がやらかしたあの後、小峰《こみね》さんがひたすら俺をいじってきたのはイラッとしたな。やってくれたな、絶対忘年会でネタにされるじゃねぇか。

くそっ、ゆるやかに年を納めようと思っていたのに。

「何を怒ってるのかわからんが別にあいつとは何も無いって。大学卒業してから会うのこの案件が初めてだぞ？」

膨らんだ秋津の頬を指で突くと、ぷしゅ～と息が漏れた。

思っていたよりも冷たい頬に手の熱が奪われていく。

街の喧騒《けんそう》から遠ざかる。ぼぅっと淡く光る街灯と半月になりきれない少し太った月だけが俺たちを照らしていた。

近くの家から漂ういい匂いが鼻をくすぐる。この時間に肉々しい匂いは腹に効く。

珍しく俺よりも早いテンポで足音を刻む秋津。

「まぁ別に？　今は私が隣にいるからいいですけど？」

まだまだ機嫌を直してくれそうにもない。仕方がない、ここは24時間空いているコンビニエンスストア大先生に手伝ってもらおう。

「よし、コンビニでも寄るか」

自分でも白々しいとは思うが、誰かこの状況をどうにかできるならそのやり方を教えてくれ。

「一番高いケーキのやつと、温かい紅茶と、それからそれから、」

おいおいまだ注文つけるのかよ。こんな薄給労働者に無茶させないでくれ。

コートの裾を揺らしながら彼女はこちらを振り返る。えーっと、と数えた指が折られ、形のいい唇から言葉が紡《つむ》がれていく。

最後に一呼吸、折りたたまれた指は胸の位置に。

「あの、さ、クリスマスイブはさ……定時で一緒に帰ろうよ」

営業課の美人同期のためにサンタになるだけの日常

街はどこか浮かれた雰囲気、会社の前も駅前もイルミネーションが輝いている。あの飾りつけも誰かの仕事で成り立っていると考えると涙が出てくるな。

時刻は18時、事務部屋の面々は珍しく一人残らず帰り支度をしている。というか俺が定時退勤するのが珍しいのか、鈴谷《すずや》君と春海《はるみ》さんがチラチラこちらを窺《うかが》っている。

「あの残業魔人鹿見《しかみ》といえども、流石《さすが》にクリスマスイブは定時で帰るんだな。女か？」

「たまたまですよ、仕事が終わったので。あと変な名前付けないでください。流行《はや》ったらどうするんですか」

小峰《こみね》さんからのキラーパスを躱《かわ》していく。実はここ数日はいつにも増して業務の処理スピードを上げていた。

そう、今日はクリスマスイブ。しかも金曜日だ。相澤《あいざわ》さんと小峰さんは家族サービス、鈴谷君は実家に帰るとかなんとか。

相澤課長も小峰さんも俺が残ると思っていたのか、別々のタイミングで「今日は早く帰るから戸締まりだけよろしく」って言いに来たのには笑ったな。

「あ、あの鹿見さん……！」

もう既にコートに身を包んだ春海さんがこちらへ近付いてくる。

「ん？　どうしたの」

「私、今日は友達とクリスマスパーティなので！」

「そうなんだ、若いっていいなぁ。楽しんでね」

「はい！　男の人は来ませんから！」

そう言い残すと彼女はたたっとエレベーターの方へ駆けて行った。

「そんなに急がなくてもいいのに……」

鈴谷君も彼女に続いて事務部屋を後にする。結局最後は俺なのか。

電気と暖房を切って部屋を見回す。ＰＣとコピー機の電源がすべてＯＦＦになっていることを確認して扉を閉める。今年もあと少し、来週からもちょっとだけ頑張るか。

この後待ち受ける晩ご飯を思い浮かべて自然と口角が上がる。

そんなことを考えていたらエレベーターが1階に着いたことを知らせてくれる。

会社の1階にあるカフェに入り、テイクアウトでカフェラテを買って外へ出た。なんだか無性に甘いものが飲みたくて。

口から漏れる息は白い。18時過ぎだというのに辺りは真っ暗だ。

柵にもたれかかってビジネス街を眺める。雪は降っていないものの、街路樹に掛けられたイルミネーションが冬を主張している。

手袋にマフラー、帽子にコートと色とりどりに彩《いろど》られたこの季節の街が好きだ。明後日《あさって》になれば年末に向かって徐々に落ち着いていくんだろう。

大通りには人の波、みんな早く帰って家族なり恋人なり友人なりと過ごすのだろうか。ふと秋津《あきつ》の顔を思い出す。

定時退勤しろって言ったのはあいつなのにまだ会社から出てこねぇ。一緒に帰ることになったから近くで待ってるんだが……。

会社ビル1階のカフェで時間を潰そうかと思ったが、彼女と合流して帰ってるところでも見られてみろ、元カノとかいう痛々しいネタを摑《つか》まれてる俺の忘年会がさらに灰色になる。

さて日々頑張って良い子にしている秋津には、というか普段からお世話になっている彼女にはささやかながらプレゼントを用意した。

が、あれいつ渡そうか。なんだか普通に渡すのも恥ずかしい気がする。学生の時もちゃんとプレゼントを渡したことないんじゃないだろうか。

グレーのコートが愛《いと》しき我が社から出てきたのを見て、柵から身体《からだ》を離した。少し焦《あせ》りながらきょろきょろと周りを見回しているのがかわいく思えてしまう、重症だな。

まだほんのり温かいカフェラテを指先に感じながら、俺は青になった信号を渡った。

いつものようにクラゲが揺れて、お馴染《なじ》みの照明のお出迎え。秋津は一旦家に帰るそうだ。買い出しはもう昨日のうちに済んでいて、あとは作るだけだ。

定時退勤したとはいえ夜は夜、さっさと作ってしまわなければ。

今日の晩ご飯のメインはシチューである。冬っぽさ、というかせっかくだからクリスマスっぽい料理が食べたい！という秋津の希望によりこうなった。

普通のシチューもいいが、今回はひと手間加えるつもりだ。20代も後半だが、ついついこういうイベントは楽しみたいと思ってしまうのだ。

さらに今日はなんとチキンも用意して大盤振る舞いだ。さっき帰りの道すがら某白ひげの似合うおじさんがいるお店で買ってきた。

手洗いうがいを済ませて鞄《かばん》を置き、ジャケットをハンガーにかけてクローゼットへしまう。私服に着替えるとキッチンへ向かう、そろそろあいつが来るか？

ピンポーンとインターホンが鳴る。寸分違わず来る時間を予想できてしまうのが嬉《うれ》しいのか憎いのか、急ぎ足で鍵を開けにいく。

「やっほーおじゃまします！」

何やら色々と荷物を抱えた秋津がドアの前に立っていた。両手が塞がってるから鍵を自分で開けずにインターホンを押したのか。

一旦帰宅して着替えたのか。

今日の彼女は袖がだぼっとした赤色のニットにロングのチュールスカート、髪はサイドで編み込んでいた。普段は下ろしている髪がまとめられているから、形のいい耳とピアスが見える。

くそ、端的に言ってかわいいな。

「いらっしゃい、今から晩ご飯作るからリビングでゆっくりしててな」

「ありがと～、でも私もお手伝いする～」

俺の返事を待たずに横を通り過ぎてリビングへ向かう秋津。

再び手を洗うと俺は冷蔵庫から食材を取りだしていく。にんじんに玉ねぎ、じゃがいも、奮発して買った牛肉、そしてパイシートだ。

「おーい秋津、鍋と切るやつどっちがいい？」

「ん～じゃあ鍋で！」

「はーい」

食欲モンスターは鍋の番をしてくれるみたいだ。という訳でまな板を用意し、野菜をひと口大に切っていく。

切った野菜たちをボウルに入れていくとそのまま彼女がサラダ油を引いた鍋に入れていく。

大方切り終えたところでサラダを作る。この間俺たちはほとんど無言だったが、むしろそれが心地よかった。

待ちきれなくなったのか、秋津が自身の荷物をごそごそしている、というか本当に荷物多くない？　何持ってきたんだこいつ。

笑顔でキッチンに戻ってきた彼女の手にはワインのボトルが握られていた。あれ、これデジヤヴュだな。

「ふふん、今日もいいやつ持ってきたわよ」

「それどっから出てきたんだよ」

「実は営業で大きめの会社行ったら、懇意にしてくれてるお偉いさんがくれたのよね」

「営業職の特権だな」

「それでね、ちょっとだけこの前飲んでみたらとっても美味《おい》しかったからあんたと飲みたいと思って……」

「お、おう、ありがとうな」

ストレートに言われると何とも気はずかしい。おかげでぼそぼそとした返事しかできなかった。

きゅぽんっと音をたててワインストッパーが外れる。

「この前こっそり値段調べたら凄《すご》かったわよこれ。期待しなさいな」

「ハードル上げるなぁ」

サラダを作り終えた俺は後ろの棚からワイングラスを取り出すと秋津に渡した。

「あんた、いつにもまして楽しそうな顔してるわよ」

「イベント好きだからなぁ」

なみなみと注がれたワインに映る楽しそうな彼女の顔を見ながら、グラスを合わせせる。

「んじゃ、今日もお疲れ様でした！」

暖かいオレンジ色の光に照らされたキッチンに澄んだガラスの音が響いた。

シチューも完成して少し粗熱をとったところで大きめのマグカップに注いでいく。そこにパイシートを被《かぶ》せてカップの縁にしっかり貼り付ける。

秋津は興味深そうにこちらを見ていた。

「あれ、普通のシチューじゃないの？」

「せっかくクリスマスだしちょっとだけ凝ったことしようと思ってな」

「え〜おもしろい！　それ私もやる！」

やはり何でもできる営業美人、手先まで器用らしい。俺のよりも綺麗《きれい》に被《かぶ》さったパイシートに卵液を塗っている。

200℃に予熱したオーブンで、カップに被《かぶ》せたパイシートに色がつくまで焼いていく。

オーブンが頑張ってくれている間にもグラスは空になる。あれ、ペース早すぎじゃね？

十数分後、焼き上がりのいい匂いと共にシチューを取り出した。

リビングのテーブルに料理を並べると、俺たちは椅子を引く。今日は対面で座るらしい。

「「いただきます」」

いつもよりちょっとだけテンション高めの合図、俺はチキンに手を伸ばした。というか猫舌だから熱々のシチューは少し冷ましたい。

手が油塗れになることも厭《いと》わずチキンにかぶりつく。どうやって揚げたらこうなるのか、フワフワの衣に肉厚な鶏肉《とりにく》、塩味の強い味はワインに合う。

「あんた普段そんなタイプじゃないのに、ご飯食べる時だけはこの世の全てを置いて目の前の料理に夢中になるわね」

優しく細められた秋津の目を見られなくて、誤魔化すようにグラスを傾ける。

「美味《おい》しいものは人を幸せにするからな」

うんうんと一人でうなずいていると、サラダを取り分けた秋津がこちらに皿を渡してくる。

「お、すまんありがとう」

「いえいえ～いつもサラダ作ってくれる時ミニトマト入れてるよね」

「やっぱ彩《いろど》りと味と栄養が詰まってる神食材だからな」

ミニトマト大先生にはいつもお世話になっている。この摘んで食べられるところもお気に入りだ。

秋津はカリカリに焼けたパイ生地を割ってシチューに手を付け始めた。

「ん～！　おいしい、いつにも増しておいしい！」

「俺も食べる」

スプーンでサクサクとパイを崩す。真っ白の海に浮かぶ野菜たちはさながら彩《いろど》り豊かな無人島、いい匂いが鼻を占拠する。

ひと口、人参《にんじん》の甘さにシチューのコク、牛肉の荒々しくもまろやかな旨《うま》みがパイ生地にマッチしている。うーん、このメニュー一つで全部楽しめるな。

彼女に目をやるとほくほく顔でシチューを食べ進めていた。作った料理の感想をもらえるのももちろん嬉《うれ》しいが、やはり美味《おい》しそうに食べているところを見るのが一番うれしいな。

じっと見過ぎたか、彼女がこちらを向いて首を傾《かし》げている。その仕草自体は子どもっぽいのに表情が年相応に大人っぽくて。

「んーん、なんにもねぇよ。美味そうにたべるなと」

「実際美味《おい》しいからね」

あれ、前にもこの会話したたっけ。あの時は台詞《せりふ》が逆だったけど。

「そういえば去年のクリスマスはどうしてたんだ？」

なんとはなしに聞いてみる。俺はそういえば……残業してたっけ。

ごくんと喉を鳴らした食欲モンスターは少し不満そうな顔をする。

「どこかの誰かさんが『俺は仕事だから』って冷たくするから一人でしたよーだ」

うっ……藪蛇《やぶへび》だったたか。

「ごめんって。去年はちょっとばたばたしてたんだよ、今年は一緒だから、な？」

話している間にも彼女の持つスプーンは動いていく。

「へ～去年のは悪いって思ってるんだ！　だから今年は聞き分けいいのかしら」

違うわい、と言いたいところだが、変に反抗すると長くなるからなぁ。

「ま、いいのよ。今一緒にいられたらそれで」

スプーンを見つめながら優しい表情で彼女がつぶやく。それを見てまた、俺の心臓は跳ねてしまうのだ。

気が付けばお皿の中身は空に。

お待ちかね、ケーキの登場である。別に俺たち誰の誕生日でもないのに、まるでお祝いかのようにケーキを食べられるのはありがたい。イエス・キリストに感謝しておくか。

「有《ゆう》くんっていちごは最後に食べる派？」

ショートケーキを綺麗《きれい》に尖《とが》った先から食べ進める秋津が、じっとこちらを見つめる。

「なんだよ藪《やぶ》から棒《ぼう》に」

「いいからいいから」

うーん、あんまり考えたことがない。けど強いて言うなら。

「最後にとっておく派かなぁ」

目の前のケーキはまるで魔法のように消えていく。

最後に赤い果実を口に運ぶと、彼女は満足そうに頷《うなず》いた。

「そっかそっか、私と同じでよかった」

彼女はもぐもぐ口を動かすと。丁寧にフォークをお皿に置いて一呼吸。

「最後に一緒にいる人が一番大事ってことだもんね」


社畜の夜は遅い。あっという間に22時だ。現在秋津はシャワーを浴びている。

意味がわからなくない？　自分の家に帰れよ。徒歩数十秒なんだからさ。

そうやって時間だけがだらだらと過ぎていき、結局プレゼントは渡せずにいた。

またソファで寝ることになるのか……この際ソファベッドに買い換えてやろうか。と思ったのも束《つか》の間《ま》、それじゃ同棲《どうせい》じゃないかと考え直す。

数十分後、ほかほかの秋津が風呂場《ふろば》から現れる。

「今日一緒に寝る？」

いけしゃあしゃあと当然のように意味のわからない提案をしてくる。

「寝ません」

「こんなに髪の毛さらさらでもこもこのパジャマ着てる美女がいるのに？」

そんな歯ブラシしゃこしゃこしながら言われてもな。おい髪の毛口に入りそうだぞ。

指を伸ばして顔の近くの髪を払う。

「うーん、ちょっとそういうのは……。ベッド二人だと狭いし」

「わかった！　じゃあお正月の初売りで大きいベッド買いましょう！」

「ズレてんのよ、そこじゃないんだって」

「サンタさん来るかもよ？」

こいつ、まさかな。もう27だし流石《さすが》にな……。

「そうだな。俺は今年残業にほとんど全ての時間を食われた、とってもいい子だから来てもらわないと」

「じゃあ！」

「でもソファで寝る。暖かいうちに俺もシャワー浴びてくるわ」

そう言い残して着替えを持ってドアをくぐる。なんであんなにいい匂いするんだろうな。そろそろ煩悩《ぼんのう》も消していかないと除夜の鐘で頭を打たれそうだ。

さっさとバスタオルを準備すると、俺はまだ湯気立つ浴室のドアを開けた。

シャワーの熱いお湯が身体《からだ》を流れていく。ふとリビングでぐでっとしているであろう彼女のことが頭を過ぎる。

さっきまでここに職場の同期がいたと思うと、改めて不思議な話だよな。

出会って何年かはもう覚えていないが、同じ会社に就職したとわかった時には驚いた。

……今となっては晩ご飯を一緒に食べるのが当たり前の関係になってしまった。それもこれも全部あいつのおかげ、というかあいつのせいというか。去年に比べると秋津が自分の心の中に入ってくる時間は長くなった気がする。絆《ほだ》されてるよな。

まぁそれでも、日頃の感謝を込めてと準備したプレゼントすら渡せない俺と比べたらあいつは強いもんだ。

無事身体《からだ》も温まり風呂場《ふろば》から出る。着替えて頭を乾かすと、俺は食欲モンスターがいるであろうリビングへと足を運んだ。

一緒に寝ようとしつこかった秋津も五日間の労働からくる疲れには抗《あらが》えなかったのか、ソファで寝息を立てていた。

「ほら風邪引くからベッド行けよ」

声をかけるも言葉にならない返事がくる。

「ん～～、有くん運んで～～」

何とかしぼりだされた声は、呑《の》めない提案だった。

眠たげに甘える彼女は普段より幼く見えてかわいい、だが甘やかしはしない。

軽くデコピンをお見舞いし、無理やり立たせて寝室へと連れていく。

いつもならここでひと悶着《もんちゃく》ありそうなものだが、よほど疲れているのかぶつぶつ言いながら彼女は寝室へと消えていった。


こちら鹿見、現在朝の5時半。場所はリビング、潜入ミッションを開始する。

昨晩は結局プレゼントを渡せずに就寝。チキンな俺を恨む。

さて、俺が今何をしているのか気になっている方もいるはず……いやいないか。部屋は静寂に包まれている。

パジャマ姿のまま赤い紙で包装された箱を持って、忍び足でリビングを抜けようとしている俺はさぞかし滑稽に映るだろう。アラサーだぞ。

まだおじいさんどころかおじさんですらないと信じたいが、彼女のサンタさんになってやろうじゃないか。

まだまだ外は暗く、冬の寒さが猛威を振るっている。毛布をリビングに持ってきていて本当に良かった。

冷たい床をひたひたと歩き、そっと寝室の扉を開けると寝息すら立てず布団《ふとん》にくるまった秋津がいた。

音を立てないよう近付いて枕元にプレゼントを置いた。

相も変わらず綺麗《きれい》な彼女の顔に指を添える。やっぱりこれずるいよなぁ、寝てる時くらい変な顔してくれよ。

「いつもありがとな、ひより」

小さく呟《つぶや》いてずり落ちた布団《ふとん》を肩までかける。これで今日のミッションはコンプリートだ。

戻って二度寝でもするかと一息ついたところで、まんまるの黒目と目が合う。

「ふふっ、こちらこそいつもありがとね」

ぱっちり目を見開いた秋津はおかしそうに微笑《ほほえ》む。

「お前起きて、」

「考えることは同じなのよ」

ごそごそとベッドの下に手を伸ばすと、俺に青色の紙で包装された同じような箱を渡してきた。

「メリークリスマス、有くん」

寒くて静かな早朝とは思えないほど温かい空気が流れる。どうやら俺にもサンタは来てくれるらしい。

「いい子にしてたからか私にもサンタさんが来てくれたみたい。まぁ今年は信じてたけどね」

丁寧に包装紙を外すと、彼女は箱を抱きしめる。

「これ開けてもいい？」

「もちろん、色の趣味がわからなかったが」

どうにも恥ずかしくて言い訳をしてしまう。

ぱぁっと目を輝かせた彼女の手には赤色のマフラーが握られていた。慈《いつく》しむようにじっくりとマフラーを見る。するとすぐに表情を驚いたものに変えた。

「ねね、私のも開けてよ」

言われるがまま青色の包装紙を解いていく。あれ、待てよなんだこの既視感は。まさに今ひよりの手元に……。

箱から出てきたのは青色のマフラー。彼女の手元にあるのと同じデザインの。

「おいおいまじかよ」

「こんなことあるのね～」

ほぉぁーとあくびと共にひよりが呟《つぶや》く。

偶然に偶然が重なった結果、俺たちは同じデザインで色違いのマフラーを握りしめていた。

どちらからともなく笑い始める。

「せっかくだから巻いてよ」

「パジャマじゃねぇかまだ」

「いいのいいの」

サイドテーブルに自分のマフラーを置いて彼女から赤いマフラーを受け取る。

丁寧に首元に手をかけ、くるくると巻いていく。

流石《さすが》、マフラーを選んだ人間のセンスがいい。めちゃめちゃ似合ってる。

照れ隠しに脳内で自画自賛しながらも彼女と目を合わせる。

「似合ってる……と思う」

「へへ～ありがと！」

汚したくないから、そう言いながらいそいそと彼女はマフラーを解いて綺麗《きれい》に折りたたむと、俺と同じようにサイドテーブルに置いた。

そのままいつかみたいに腕を摑《つか》まれる。

ベッドへ引きずり込まれるとあれよあれよと布団《ふとん》をかけられた。

「今日はお休みだしまだゆっくりしましょ。まだ朝の6時前よ」

「起きた俺が言うのもなんだが、なんでお前も起きてんだよ」

「サンタさん待ってたのよ、仕事で疲れた顔した」

先程サンタになってやろうとか思っていた俺は何も言い返せない。腹いせにデコピンをお見舞いしておく。

「あでゃ」

「変な鳴き声出すなよ」

「寝起きの女性にデコピンする男がどこにいるのよ」

なんだか急激に眠気が襲い来る。まぁ土曜日だしな。一週間の疲れってやつだ。断じてサプライズに緊張していたわけではない。

握られた、というか奪われた俺の腕は返してもらえないらしい。

もこもこのパジャマの奥に柔らかい感触を覚える。

「そういえば有くんって誰も見てないと私のこと下の名前で呼ぶんだ」

「やめろよ恥ずかしい。学生時代はそれが当たり前だったからな」

空いた手で彼女の腰に手を伸ばす。冬だから仕方ない、寒いし。

「会社でも無理して苗字《みょうじ》で呼ばなくてもいいよ？」

なんとも思ってませんみたいな顔して会話を続けているが、身体《からだ》をこちらに向けて俺が抱きつきやすいようもぞもぞとしている。

ここが定位置だと言わんばかりに、彼女は俺の胸に顔を寄せる。

どうしてこんなにいい匂いがするんだこいつ。

「公私は分けるタイプなんで、秋津さん」

「急にキリッとした顔するのやめてよ、そんな寝癖つけて」

彼女の手が伸びてきて髪に触れる。

「ほらほら、お休みなのにこんな早起きして。撫《な》でてあげるから寝ちゃいなさいよ」

くつくつと彼女が笑う。どうにもサプライズに失敗した時からペースを握られている。

頭に置かれた手が少しずつ揺れていく。優しい手つきに安心してしまう自分が憎らしい。

「私さ、こんな瞬間が続けばいいのにって思うの。贅沢《ぜいたく》かしら」

彼女の柔らかな声を子守唄に瞼《まぶた》が沈んでいく。あぁ、俺もそう思う。声に出せたかは定《さだ》かでないが、そのまま意識を手放した。

ただ、冬とは思えないほど温かい手を握りしめたことだけは確かだった。

◆◇◆◇

12月28日、世間一般でいうところの仕事納めである。愛《いと》しき我が社もご多分に漏れず、本日が最終出勤日。

他社様はどうしているか存じ上げないが、うちは昼ご飯の際に経費でちょっといいお弁当や寿司《すし》を食べて、晩はこれまた経費で豪勢に忘年会を開催する。

それはそれ、仕事が無くなるわけではない。事務部屋はいつもの如《ごと》く修羅場がくり広げられていた。

本日付でどうしても処理したい案件が営業課から送られてくる。

こめかみに青筋を浮かべた相澤さんはいつものことだが、珍しく小峰さんも怒っている。

「おい、こんなわかりきってる案件当日に投げてくんな」

「ほんとですよね。少なくとも月初めにはわかってるはずなのに」

うんうん頷《うなず》きながら、俺もキーボードを打つ手は止めない。

「春海さん、ちょっと来られる？」

今度は相澤さんが春海さんをご指名だ。今の課長、雰囲気が怖いから春海さんもビクビクと課長席に近づく。

鈴谷君がほっとしているけど、今からの話は多分君も関係あるぞ。

「今から営業課行くからついてきなさい。あ、鈴谷君もね」

先程の春海さんと同じ表情を浮かべた鈴谷君も肩を揺らす。

さて、毎年恒例のアレが始まる。そういや二人は去年留守番だったっけか。

アレとは相澤課長の挨拶回りである。挨拶回りと礼儀正しそうな名前をしているが、その実叱責回りである。特に営業課には今から悲劇が訪れる。

書類不備や期限を守らなかった人間と営業課長には、相澤課長からそれはそれはもうきっつい雷が落とされる。

この行事があるにもかかわらず不備は減らないのだから不思議なもんだ。それと同時にこれが社長公認な理由も頷《うなず》けるというもの。

春海さんと鈴谷君を近くに呼んで耳打ちする。

(営業課の誰かがもし泣き始めたら課長止めてね)

(え、この状態の相澤さんを僕たちが……?)

(二人ならできるよ)

去年まで何とか課長を止めていた自分を思い出して遠い目をしてしまう。

初めはすぐ止めていたが、あまりに事務仕事が杜撰《ずさん》な営業課の面々に怒りを覚えてからは、しっかりお灸《きゅう》を据えてもらうまで放置するようになった。

小峰さんと二人して笑顔で子鹿のようにぷるぷるした後輩ズを見送る。

俺たちも三人が帰ってくるまでにある程度仕事を終わらせなければ。あ、あとはあれの注文か。

小峰さんとアイコンタクト。そうですよね、俺ですよね注文。

「鹿見、頼んだ」

「まぁそうですよね、了解です」

PCから別のタブでブラウザを開き、該当ページへ。まぁ会社の経費で落ちるってことだしいいやつ頼むか。

数十分後、相澤さんを先頭に三人が事務部屋に戻ってくる。あれ？　ちょっと早すぎるな。1時間は戻らないと思ったのに。

後輩たち二人はぽかんとしていた。手には大量のお菓子を持ちながら。

「今年はちょっと趣向を変えてみたわ。鹿見君には申し訳ないことをしたけど」

「え、ちょっと何言ったんですか……」

「まぁ忘年会の時にでもわかるわ」

ぽんぽんと俺の肩を叩《たた》いた課長はどことなく上機嫌で席に戻る。

怖すぎる。ほんとに営業課で何してきたんだ相澤さん。後輩たちを見ても、先程のように怖がっている様子はない。

席に戻ろうとすると、鈴谷君が先回りして俺の机に手に持っていたお菓子を並べていく。

営業課には年末の挨拶ということで大量のお菓子が集まる。それをぶんどってくるのも楽しみの一つだが……。

お菓子と言ってもスーパーやコンビニのお菓子コーナーにあるものではなく、百貨店の地下とかで買えるちょっといい洋菓子やら和菓子である。

今度は春海さんがこちらに近付き、選《え》りすぐりの一つを渡してくれる。

「あれ、こんなに多かったっけ？　普段」

「相澤課長曰《いわ》く、去年の倍以上だそうです。ほくほくした顔でおっしゃられていました」

「え、ほんとに営業課で何してきたの」

「いや凄《すご》かったですよ……開口一番、一言だけで効果てきめんでした」

相澤さんに寄せる為《ため》か少しキリッとした顔で春海さんが口を開く。

「『今年はうちの鹿見が相当怒ってるので私からは何も言わない。ここで長時間説教するかもしれないから置いてきたけど、後で覚悟するように』と。その一言で営業課はどたばたと大慌てでした……。気付けば貢物《みつぎもの》というかお菓子が大量に」

ふっと目線を手元に下げて彼女は微笑《ほほえ》む。

こめかみに手を当てて数瞬。やられた、ダシに使われた。

忘年会で絡《から》まれるだろうなぁ。

さて何と弁明しようか、そんなことを考えながらも書類を処理していく。おい印鑑切れてるじゃねぇか再提出だ。

既に山盛りの再提出ボックスに新たな紙が追加される。

時間も経《た》ってお昼時、エレベーターがこの階に止まる音。タイミングは完璧だ。

この後のご褒美《ほうび》に思いを馳《は》せて口角が上がる。

受け取りと精算のために財布を持って、俺は事務部屋の入口へ向かった。

凝ったあしらいが施された箱を受け取った瞬間、事務部屋に香ばしい匂いが立ち込める。

社内のいたるところで歓声があがっている。寿司《すし》に御膳、ジャンクなところだとピザを頼んだりするらしい。

食欲モンスターこと秋津さんからは寿司《すし》の写真が送られてきた。というかなんで社内チャットじゃなくてプライベートのスマホ宛なんだよ。

『さっき相澤課長が来た時に有くんが営業課に怒ってるって言ってたけど』

『どうだろな』

なけなしの牽制《けんせい》をしておく。

『私書類出してたよね……？』

残念ながらこいつ、仕事はできるのだ。期限内に書類も提出するし不備もほとんどない。毎回絡《から》んできて面倒なことくらいだ、怒りたいのは。

『正直お前は営業課の中でもトップレベルにマシなほう』

『良かった〜！　お寿司《すし》も美味《おい》しく食べられるわ！　また後でね！』

やはり食欲に頭を支配されてるな。というかそれを聞くためだけに寿司《すし》の写真送ってきたのか？　残酷だ……。

とはいえこちらも負けてない。

まずは相澤さんにずっしりとした箱を渡し、次いで小峰さん、そして後輩たちに配る。

後輩二人がソワソワしている、まぁ気持ちはわからんでもない。この匂いは正直暴力的だ。

全員に行き渡ったところで相澤さんが一言。

「今年もお疲れ様、よくやってくれたわ。大きなプロジェクトが二つあるにもかかわらず、通常業務も滞りなく進んだ。ひとえにあなたたちのおかげよ。」

そんなそんなと声が上がる。自慢げにしているのは小峰さんだけだ。

「年度末には決算期も控えているから、各々《おのおの》こまめに仕事は消化しておくように」

首が取れるほど頷《うなず》いている後輩たちはやはり微笑《ほほえ》ましい。今年度も地獄が待っているが、頑張ろうな。

「それでは、いただきます」

「「「「いただきます！」」」」

今年最後の職場昼ご飯、蓋を開けて最初に見えるのはこんがり焼かれた大きな鰻《うなぎ》である。こいつの匂いがさっきから鼻を蹂躙《じゅうりん》して仕方がない。

早速箸を入れると、外側はパリッと中はふわっとした感触が手に伝わる。

まずは鰻《うなぎ》だけを口へ運ぶ。甘辛いタレに特有の旨《うま》みが絡《から》んで絶品、もうこれを食べるために生まれてきたと言っても過言ではない。

口に余韻が残っているうちに色付いた米をかき込む。しっとりというよりは少し粒だった米が、残った旨《うま》みを喉へと運んでいく。ほんと、なんて贅沢《ぜいたく》なんだ。

本音を言えば辛口の日本酒をきゅっと飲みたいところだが、残念ながら忘年会はまだ6時間先のことである。

事務課の面々たちも似たようなものである。みな鰻《うなぎ》の魔力に取り憑《つ》かれたかのように無心で箸を口に運んでいる。

残りも半分になったところで赤だしをいただく。コクが深く香りがいい。甘みの強いタレを更にひきたてて箸が進む。

最後は大きめに残した鰻《うなぎ》とひと口の米、あっという間に無くなってしまった。うーん、今度自分で焼くのも挑戦しようかな。

全員が食べ終わると熱いお茶で一息。最終日の午後は掃除である。部屋自体は営業課と同じ広さなのにこっちは五人しかいないから大変だ。

ごみを袋に入れて立ち上がる。ぐんっと伸びをして最後のやる気を振り絞る。

「やりますか、大掃除」

この後の忘年会を楽しみにしながら、俺は机の上を片付け始めた。


パチパチパチパチ、拍手の音と共に社長の挨拶が終わる。上司の話と面倒な会議は短い方がいい。ビールの泡もほとんど消えていない。

社内大忘年会。去年は確か会社のワンフロアで賑《にぎ》やかに開催したが、今年はお店のお座敷貸《ざしきかし》切《きり》らしい。いやぁ自分が幹事じゃない飲み会ってなんて楽しいんだ。

お偉い様方もいるしどこかの会場を貸し切ってケータリングでもお願いするかと思いきや、まさかのちょっといい飲み屋。

年度末の締めみたいにお堅いのも悪くないが、普段は話せない管理職や他部署の人と話すとなると、部屋が一望できる座敷《ざしき》もいいな。

例によって事務課の面々は末席である。相澤さんは役員の近くだが管理職だから妥当だろう。

とはいえ飲みが進むとみんな各々《おのおの》席移動しだすから関係ないがな。

乾杯の音頭《おんど》はまさかの加古《かこ》、あいつ凄《すご》いなぁ。話を聞きながら役員を見ると幹部勢もうんうんと頷《うなず》いている。同期の活躍を見て込み上げるものが。もう俺もおっさんの仲間入りか。

賑《にぎ》やかな座敷《ざしき》にグラスの合わさる音が響き渡る。会社の金で酒だ！

ビールをひと口、大掃除で疲れた身体《からだ》に黄金の液体が染《し》み渡《わた》る。さてさて、社会人の責務を全うするか。

グラスを持って上座の方へ並ぶ。もちろんお偉い様方に挨拶だ。

「本年もありがとうございました。今回もご馳走様《ちそうさま》です。来年もよろしくお願いいたします」

前の人に続いて幹部の面々と話していく。こういうのなんだかんだ大事だからな。

「おぉ鹿見君。今年も君のおかげでなんとか回ってるよ」

コンペの会議で俺を壇上に引きずり出した役員さんからお褒めの言葉をいただく。というかそこそこ社員数いるのになんで俺を覚えてるんだよ、事務だぞ。

「とんでもないです。営業課が仕事とってこそですので」

「謙遜しなさんな、よくやってる。来年の昇給は期待しなさい。これオフレコだがね」

内心のガッツポーズを必死に抑えて真顔を保つ。

「痛み入ります。これからも粉骨砕身で……」

「堅い堅い、いつも通り頼むよ。それはそうと営業課に怒ってるみたいな話を小耳に挟んだが……言っといた方がいいかな？」

「い、いえ！　お気遣いありがとうございます……！」

恨みますよ、相澤課長。

何とか取り繕って社長たちお偉い様方との挨拶を終える。どっと疲れる、なにもかも見透かされているような。

やはり会社を大きくした人たちなだけある、胆力が俺とは大違いだ。

事務課の後輩たちはせっせと刺身を小峰さんに献上していた。既に先輩の顔は赤い。会社の金だからって遠慮ねぇな。

俺もたこわさやだし巻き玉子に手をつけていく。

「二人とも食べなよ」

「ありがとうございます！　僕は揚げ物が来たらガッツリいただきます！」

相変わらず元気な鈴谷君。来年はもしかしたら後輩ができるかもしれないし頑張ってもらわないとな。

「春海さんも飲むペース合わせなくていいからね」

「ありがとうございます、あの、ビールってそんなに美味《おい》しいですか……？」

初めて飲むなら飲みにくいと思う。この悪魔の液体はそのうち突然美味《おい》しく感じる時が来るのだ。

「うーん、最初は不味《まず》かったけど大学生の時に慣れちゃった。今では美味《おい》しく飲めるようになったなぁ」

「私も飲んでみようかな……」

お品書きを手繰り寄せながら呟《つぶや》く。

「あー……じゃあちょっといる？」

無礼講だしいいか、別にこれくらい。しゅわしゅわと上っては消えゆく泡に、彼女の目は釘《くぎ》付《づ》けだった。

「んじゃ、はい」

まだまだ汗をかいているグラスを渡す。

どこか緊張した面持ちで受け取った春海さんは透明なそれに口をつける。

「う……」

刹那、顔をゆがめて舌を出す。

まぁ普段飲まないならそりゃ苦いだろう。小さなコップに水を注いで手渡す。

「にがいです、、」

彼女はくっとコップを傾ける。見れば半分以上減っていた。

「まぁ普段飲まないとなおさらね。まるまる一杯頼まなくて良かったでしょ」

少し顔を赤くした彼女はこくんと頷《うなず》く。そんなに飲んだか？　まだ始まって30分も経《た》ってないけれど。

ゆるりとした時間が流れる。喧騒《けんそう》の中でもここ一帯だけ切り取られたみたいだ。

と、そんな穏やかな空間を邪魔する輩《やから》が。ご存じ営業課の人間たちである。

「すみませんでした！！！！」

普段はきっちりスーツを着こなして、客先で雄弁に語る彼ら彼女らが眉を下げて正座でこちらを向いていた。しかも後輩から同期、先輩まで。

なんなんだこれは。

他のテーブルからもなんだなんだと様子見されている。恥ずかしいからやめてくれ。

「来年は気をつけますのでここはお許しを……！」

これ相澤さんが俺をダシに圧をかけたアレだな。忘年会でわかるってこういうことか。

「あー、怒ってないので顔を上げていただいて……」

一部先輩が交ざっているのでなんとなく敬語で話す。こんな年末まで謝らなくていいのに……。

どうやってこの場の収拾をつけようかと考えあぐねていると、予想外のところから助け舟が。

「ほらほらこんなところで溜《た》まってないで散った散った」

騒ぎを見てこちらに歩いてきた秋津がしっしっと手を振る。食欲モンスターが珍しくまともである。

「あんたたちは経理にも頭下げないとでしょ」

いそいそと営業課の面々が散っていく。何人かはこの辺りで飲むようだ。

みんな今年あった大きめのイベントやら来年のノルマやらについて話している。まぁ会社の人と飲み会だとそうなるか。

いつの間にか春海さんも鈴谷君も同期たちのところで笑っていて、小峰さんも相澤さんに引っ張られていった。あー、南無。

ということは今は目の前に座る秋津と二人なわけで。これじゃあいつもの家と変わらない。

「さて、俺も同期に挨拶しとくか」

グラスを持って立ち上がろうとした。

「まぁまぁまぁまぁ」

顔の赤い秋津に腕を掴《つか》まれて座らされる。なんなんだ。というかこいつさっきまで持ってたグラスの中身がほとんど空だ。

「なんだよ。あ、今年度も今のところ営業成績加古とトップらしいな、おめでとう」

「ありがとう！　……じゃなくて！」

「ん？」

「会社の飲み会じゃ話さないしさ、たまにはね」

周りに人がいるからか声のトーンが落ちる。

「家で喋《しゃべ》ってるだろうが」

「むー違うじゃん！　こういうところで喋《しゃべ》るのがいいのよ、外堀を埋めていけるし」

「どこのなにを埋めてんだよ」

梅酒を飲み干した彼女に合わせて、ハイボールを注文する。薄いグラスで濃いめを飲むのがいいんだよな。

いつも通りじゃない場所でいつも通り、グラスを合わせる。飲み会特有の喧騒《けんそう》が少し遠くなった気がした。

「あ、このだし巻き美味《うま》いぞ、食べてみ」

「ほんと好きね、それじゃあいただこうかしら」

綺麗《きれい》に並べられただし巻きを一切れ、大根おろしを少々取り皿に移して秋津に渡す。

「あ、有くん醬油《しょうゆ》とってよ」

「ほらひより、かけすぎんなよ」

さっきまで騒がしかった周りがすっと静まり返る。その時間ほんの1秒にも満たなかっただだろうか。

どうしたんだと見回すも、原因はわからない。

近くで喋《しゃべ》っていた営業課の同期が遠慮がちに口を開く。

「今ひよりって……ん？　有くんって、え？」

やらかしたことを自覚する。

まずいまずいまずいまずい、完全に秋津に乗せられた。いくらほろ酔いだからといって、事務課の面々がいないからといって気を抜きすぎた。

眉間に手を当て高速で脳を回転させるも、アルコールにどっぷり浸《つ》かった俺の頭は使い物にならない。

おいどうするんだよと秋津の方に目を向けると、してやったと口の端を上げながらこちらを見ていた。

どうにもその顔が綺麗《きれい》で、こんな状況なのに心臓がどくんと響いた。

散々だった。命からがらというのは大袈裟《おおげさ》だが、二次会のお誘いを断って帰路につく。

名前呼び事件の後、高校時代の同級生であることをとことん説明させられ、色んな人に煽《あお》られ野次を飛ばされ男どもの嫉妬の視線を受けることになった。

まぁ五年も隠し通せたんだから上々か。

改めて彼女が人気者だということを再確認したとともに、こうなるから周りに言うの嫌だったんだよとため息を吐き出す。

今は青いマフラーを首に巻いて、なんとかほろ酔いモンスターを引っ張り出してきたところだ。

「まさかほんとに下の名前で呼んでくれるとは思わなかったわ～」

上機嫌にぽやぽやと話す彼女はステップを踏むかのごとく足取りが軽い。

そこまで寒くないが、今年は暖冬なのだろうか。

「今回は俺のミスだから何も言わないが……」

ただ完全に誘導されたよなぁ、悔しい。

来年は年始から色々面倒だなぁとまたため息。

「同じマンションなのはバレなくてよかった。次こそ命を狙われる」

「そんなことないでしょ、ほんとに偶然なんだし」

偶然か必然かなんて関係ないからな、あいつらは。と言っても本気でどうこうしようとしてくる人間はいないんだろうが。一応あの会社もまともな人ばかりだし。

「そういえば有くんは年末どうするの？」

「うーん今年は自分の部屋でゆっくりしようかな、夏は実家帰ったし。お前はどうすんの」

「私もこっちに残ろうかな、実家から届いたみかん消費しなきゃだ。いる？」

「お、じゃあいただこうかな。また取りに行くわ」

「せっかくだし炬燵《こたつ》でも出しておこうかしら、最近暖かかったけど来週からまた寒くなるらしいもんね」

彼女がこちらを向く度に赤いマフラーが揺れる。

最寄り駅から家までの街灯が俺たちを照らしている。大きな筋からは一本中に入っているからか車もそんなに通らない。

「それにしても、やっぱりお前モテるんだな」

「ふふん。でしょでしょ～これでも髪とかお肌とか気をつけてるし？」

「まぁ仕事も楽しそうにしてるし、実際営業成績もいいもんなー」

「一番の目標にはずっと届かないんだけどね」

「目標とかそんな話聞いたことないんだが」

「え～ずっと言ってるじゃない、今は教えてあげないけど」

そう言いながら俺の腕をとってゆっくりと歩く。もう隠す気もないらしい。まぁ年末だしこれくらいは。

「あ、二人ともこっちいるなら一緒に年越ししない？」

「そうするか、蕎麦《そば》食べようぜ蕎麦《そば》」

「また買いに行かなきゃ」

いつものエレベーターに乗り込む。余裕で二人は入るはずなのに秋津は離れない。

「それじゃあおやすみ」

甘く呟《つぶや》いた彼女からは、微《かす》かなアルコールと冬特有の匂いに混じって、淡い金木犀《きんもくせい》の香りがした。

◆◇◆◇

黒くへこんだ部分に指を押し込んで音を鳴らす。ピンポーン、続いてはーいと明るい声が返ってくる。

時刻は夕方の4時、大晦日《おおみそか》である。

忘年会が終わってからはこっちにいる友達と飲んだりひたすら寝たりと自堕落な日々を過ごしていた。

休日万歳。忘年会後も働かなきゃいけなかったら危うく会社で暴れるところだった。

これで1月3日までは働かなくてもいい。

そういえばみかんを貰《もら》うのと、年越しは一緒にすると話していたなぁと、今日は秋津の部屋まで来たって訳だ。自宅から徒歩数十秒、よく考えれば同じマンションに住んでるなんてすごい偶然だよな。

ドアからひょっこりと顔が出てくる。

「年の瀬にすまんな」

「んーん、もともと年越し一緒にするつもりだったし」

招かれて中に入る。うちよりも少し広いこの部屋にはいつ来ても緊張する。

会社では下ろしている髪がポニーテールになっているところや甘い香水がふわっと香るところ、普段のコーディネートとはテイストの違った膝上までの長いニットを着ているところとか。

「見て見て！」

元気な声に足を早めると、リビングには炬燵《こたつ》が鎮座していた。

見るが早いか俺はその不思議な魔力に吸い寄せられて足を中に入れてしまう。はっ……！

いつの間に俺は。

「あんた入るの早すぎ」

「俺にも何が何だか。気がつけばここに吸い込まれた」

やっぱり炬燵《こたつ》は最高だ。我が家にも導入しようかな。

「馬鹿なこと言ってないでちょっと詰めてよ」

無理やり足をねじ込んで同じ辺に入ってきたせいで、ぎゅむっと身体《からだ》がくっつく。

「四辺あるのになんで同じとこ来るんだよ」

「ここが一番テレビ見やすいのよ」

まぁそれは確かに。

いれてもらったお茶をすする。心地良さに思わず息が漏れる。

年末はこれでいい、結局ぬくぬくと家で静かに過ごすのが一番落ち着く。

「みかん食べてね、一人だとほんとに無くならないのよ」

ごみ箱を見ると確かに大量の皮が。視界の端に大量のみかんが映る。

というか段ボールで送られて来たのかよ。一人で食べられる量じゃねぇだろ。

「みかんってさ……」

「食べ過ぎると手が黄色くなるらしい、でしょ？」

まさに言おうとしていたことを当てられる。別にいいんだがなんだか悔しいんだよなぁ。

ぐぬぬっと唸《うな》っていると彼女がこちらを覗《のぞ》き込《こ》む。

「ね、あってたでしょ」

得意げな顔が目の前に。すらっと通った鼻筋に赤い頬、綺麗《きれい》な黒色の瞳から目が離せなくなりそうだ。

「悔しいがな」

なんとか目を離して心臓を落ち着かせる。

「大体わかるの、あんたの考えることなんて」

そう言いながらも白い指がみかんの皮を剝《む》いていく。よどみない手際《てぎわ》に彼女のこれまでの道のりが窺《うかが》える。

「はい、あーん」

言われるがまま口を開くとみかんをシュートされた。ぷしゅっと潰れた果実からは甘い汁が溢《あふ》れる。うーん美味。

ぷつぷつとした食感が癖になる。これで栄養もあるんだからお得な果物だよほんと。

「まぁ私は超絶仕事できるし器量もいいし手がちょっと黄色いくらいがちょうどいいのよ」

そう言いながら自分の口にも橙色《だいだいいろ》の半月を放り込んでいく。

その通りなんだが自分で言うなよ。

ただそうやって反論したところで口ではこいつに勝てない。

すぐに1個分まるまる食べ終えると、彼女はテーブルに積まれたみかんに再び手を伸ばす。

あんまり食べると晩ご飯食べられなくなるぞ、という言葉も、先程見えた段ボールを思い出して飲み込む。

お笑い特集に声を上げて笑う彼女を横目に、負けじと俺もみかんに手を伸ばして皮に指を突き立てた。


炬燵《こたつ》の魔力に囚《とら》われて外に出られない、と言ったのは数時間前のこと。

未《いま》だに俺たちはぐでっと身体《からだ》を預けてテレビを見ていた。テーブルに置かれていたみかんたちはもうなくなったが、段ボールまで取りに行くのすら億劫《おっくう》だ。

「え～有くん代わりにトイレ行ってよ」

「どんな人体構造してりゃそんなことできんだよ」

楽しい時間はすぐに過ぎるとは言うが、こういうまったりした時間が必要なのも事実。ゆっくりしたいと願うのは社畜にとって贅沢《ぜいたく》なのか。

「晩ご飯は軽くにしとくか」

「そうね～みかんたくさん食べちゃったし、年越し蕎麦《そば》も食べなきゃだし～」

ぽやぽやと視点の定まっていない目をこちらに向けながら彼女が応える。

外に出たくなくて数分。

「よし、やるか」

嫌々炬燵《こたつ》から這《は》い出《だ》すと一気に身体《からだ》が冷える。別に部屋は暖かいはずなのに足元の安心感が無くなったな。

俺が出た後すぐに隙間を布団《ふとん》で閉じる秋津。こいつ……！

自宅から持ってきた昨日の残り物を詰めたタッパーをレンジにぶち込んでいく。そういえば秋津の家で料理したことってあんまりないな。

「秋津、米いる？　おかずは肉じゃがだけど」

呼びかけるも声が聞こえない。ほんと、呑気《のんき》なもんだ。

炬燵《こたつ》まで戻るとすーっと寝息を立てながらうつ伏せになった彼女がいた。おい、ニットがずりあがって大変なことになってるだろうが。

いそいそと服を下ろして脚を覆う。炬燵布団《こたつぶとん》を整えて気持ちよさそうに寝ている食欲モンスターをそのままにしてキッチンへ。

レンジを開けると温まった肉じゃがのいい匂い。そのまま取り出して代わりにパックのご飯を入れて2分に設定。

どうしよう、まだ起きないなら温めなくてもよかったか。

逡巡《しゅんじゅん》したのも束《つか》の間《ま》、リビングの方から物音が。

「ごめん、ねてた、」

まさか肉じゃがの匂いで目が覚めたのだろうか。

「全然。どうする、このまま年越すまで寝るか？」

「んーん、いい匂いするしおなかすいた。ご飯たべる」

流石《さすが》は食欲モンスター、ブレないなぁ。

「肉じゃがだけど米どうするよ」

「欲しい！」

「はいはい、もうすぐ準備できるからちょっと待ってな」

普段は俺の家だが、今日は珍しく彼女の家に二人分の食器が並ぶ。

昨日食べたとはいえ、出汁《だし》の匂いとほくほくなじゃがいもの見た目に思わず喉が鳴る。

「「いただきます」」

大皿に盛られた肉じゃがは次々と無くなっていく。先程までたらふくみかんを食べていたとは思えないほど、二人とも箸の動きが素早い。

「私あんたの和食好きなのよね〜」

ひょいっと乱切りにされたにんじんを摘んで口に運ぶ。

「それは嬉《うれ》しいな、一人暮らしだと中々料理を褒めてもらう機会もないからな」

「高校時代は晩ご飯当番あんただったもんね、家で」

「なんで知ってるんだよ、お前他所様の子だろ」

じゃがいもを箸で崩すと中から湯気が。これが肉じゃがのいいところだよなぁ。

「私、鹿見家母とかなりの頻度で連絡とってるからね。あんたの小さな頃の写真も持ってるわよ」

「人権が侵害されてる……」

そうか、だからこいつのロック画面は実家のねこ様なのか。どこからあの写真仕入れてきたのかと思った。

予想よりも早く無くなったご飯に寂寥感《せきりようかん》を覚えつつも、食器を流し台に運ぶ。

俺が洗い物をしている間も動く気配のない彼女を見て声をかける。

「ぐーたら極まってるな」

「寝てたら美味《おい》しいご飯が出てきて、洗い物までしてくれて、それなのに私は炬燵《こたつ》にずっといるなんて。毎日こうだったらいいのに」

お腹《なか》をさすりながらテレビを見る秋津が応える。このまま牛になるんじゃないか、こいつ。

年越しまではまだ時間がある。

足元が寂しいな、と思うや否《いな》や俺も炬燵《こたつ》に再び吸い込まれた。

目の前には丼が一つ、あっつあつだ。

「よし、冷める前に食べるぞ」

「わーい年越し蕎麦《そば》だ！　あ、これあれじゃない？　忘年会でもらったやつ！」

そう、忘年会の終わりに社長自らが蕎麦《そば》を社員に配っていたのだ。なんでもお付き合いのあるお蕎麦屋《そばや》さんが、この時期になったらおすそ分けしてくれるらしい。

去年までは社長家族分だけだったが、今年は売上が伸びたとか何とかでわざわざ社員分まで用意してくれたとのこと。

どれだけ太っ腹なんだよ。むしろお金払わせて欲しいわ。

さっき肉じゃがを食べたから二人で一杯。湯気の立つそばつゆからは大変いい匂いが漂ってくる。

「「いただきます」」

気持ち静かめの声が部屋に響いた。

秋津の分を小さな器によそって手渡すと、自分の分も器に移す。

まずはひと口。つるんとした舌触りに熱いつゆが絡《から》む。

あぁ出汁《だし》のまろやかな味に心が安らいでいく。

今年も色々あったなと振り返りすする。

「はぁーおいしい」

息を吐きながら思わず言葉が漏れる。

「ほんとに、優しい味でどんどんいけちゃう」

何口かそのまま楽しみ、取り出したのはかき揚げと七味だ。やっぱり蕎麦《そば》と言えばこれなんだよなぁ。えび天と迷ったが、彼女の希望により野菜のかき揚げとあいなった。

大人だからそれぞれにかき揚げは一つずつ用意した。あぁ社会人って最高だ。

口が切れそうなほどパリパリのかき揚げをつゆに浸して少しふやかす。ひと噛《か》みすれば様々な味が口を襲う。

味の暴力が無くならないうちに蕎麦《そば》を再びすする。

時刻はもう23時半過ぎ、今年ももう終わりだな。

「ねぇ、今年もありがとね」

やけに殊勝なことを言うなと目を向ければ、かき揚げを口に含んだ秋津がこちらを見ていた。

せめて飲み込んでからにしろよ、食欲モンスター。

「あぁ、こちらこそありがとな。おかげでハラハラし……楽しい一年だったわ」

「あーそういうこと言うんだ！」

「いやそうだろ、色々とびっくりさせやがって」

春から後輩とのランチや地元の飲み会に突然現れたり、定時退勤したと思えばお祭りに連れていかれたり、出張先に付いてきたり、忘年会は言うまでもないだろう。

まぁでも、楽しかったな。

年末の静かな空気はどことなく気持ちをしんみりさせる。これも歳《とし》とったからか？

「来年もよろしくな」

「えぇ、来年も。来年こそはよろしくね」

言ってる間に除夜の鐘。大きなお寺には大量の人が押し寄せているんだろうか。

大学時代は夜更《よふ》かししてそのまま初詣とか行ってたっけ。アラサーともなると……。

「このまま初詣行くか？」

「絶対いや。今日は炬燵《こたつ》と添い遂げると決めたの。天地がひっくり返っても私は家から出ないわ」

この有様《ありさま》だ。しかし気持ちもわかる。

「んじゃ会社始まってからどっかで時間見つけて遅めの初詣するか」

「それいいわね！　最近あんたから誘ってくれること増えたなぁと思うんだけど、そういう時期？」

きらきらした目でこちらを見られると、照れて目を逸《そ》らしてしまう。

「そうそう、そういう時期」

「なら存分に甘えておこうかしら」

食器を片付けると、ゆっくり年明けを待つ。そわそわしてたのは10代の頃までだな。

時計が0時を指す。

「あけましておめでとうございます」

ニットの裾を整えて正座すると、彼女は静かにこちらを向く。

「あけましておめでとうございます」

その厳かな気に当てられて俺も思わず正座で応える。

一年の始まりくらいは礼儀正しくありたいものだ。

ふっとどちらからともなく笑い声があがり、雪解けもかくやと言わんばかりに空気が弛緩《しかん》する。

早速、とグラスに缶ビールを注いで炬燵《こたつ》に舞い戻る。

今年もいい一年でありますように。願ったことは同じか、笑顔の彼女をグラス越しに見ながらグラスを持つ手を上にあげる。

「「乾杯」」

先程より幾分明るい声が部屋に吸い込まれていった。

とある限界ＯＬの転機　side：秋津ひより

洗面台に手をついて深く息を吐く。鏡に映る自分を見ると酷《ひど》い有様《ありさま》だ。

ぼさぼさの髪は久しく染め直してないからか頭のてっぺんが黒に戻ってきている。

コンシーラーじゃ消えてくれないほど深いクマに、ジャケットに隠れて見えない部分についたシャツの皺《しわ》、正直限界だ。

入社して数ヶ月、慣れない営業に続く残業、生活リズムはもはやリズムと呼べないくらいに乱れている。

「なんでこんなことに……うぅ……」

私が配属された営業課の周りの同期と比べても数字が出てくれない、一体何が悪いんだろう。

深夜まで残って作った資料も、先方の「Ｎｏ」という一言で水の泡だ。かろうじて生きていける給料に嵩《かさ》む食費、もう少し家賃の低い場所に住めばよかったかしら。

想定ではもっと優雅な暮らしができると思っていたのに……。

家に帰ればシャワーに入るのが限界、スキンケアなんてする暇があれば、倒れ込むように眠る毎日。

たまの休日は睡眠負債を返済するので精一杯、外に遊びに行くなんてもってのほかだ。

今日はこれからまた営業、前回断られたところだから気が重い。

あーあ、学生時代、特に高校時代はもっと楽しかったのにな。あの頃の友だちが今の私を見たら笑うだろうか。

あまりお手洗いに長居もしていられない、崩れたメイクを整えて気持ちシャツの皺《しわ》を伸ばすと、私は外の世界へ足を踏み出した。

営業先へと向かう道すがら、スマホに入っているスケジュール帳をぼんやりと眺める。

あ、そういえば明日って同期飲みだったっけ……。毎日忙殺されているから、曜日感覚が麻《ま》痺《ひ》してしまっている。

数字も大して取れないし、そんなに同期とわいわい話せないんだよね。先輩にアドバイスをもらうことはあれど、同期はどことなくライバルというか……。そんなこと言ってる場合じゃないんだけど。

もちろん、嫌な人間だと思われたいわけじゃないし、日常会話くらいはするけど。

まぁ営業課なんてそんなものなんだろう。

うちには加古《かこ》君っていう入ってすぐ頭角を現したすごい人もいるし、私は隅に埋もれてしまっている。

ぼんやりと入社式のことを思い出す。

当時はスーツで並んでいる先輩たちの姿に憧れて、あぁやっと私も大人の仲間入りできるんだと心躍らせたものだ。

それが今や見る影もない。

私は昨日遅くまで残って準備した資料が入った鞄《かばん》をぎゅっと握りしめて、階段を上った。


勝ちか負けかで言えば負け、完全敗北かと言われればぎりぎりそうではない。

提案した内容の2割弱を呑《の》んでもらった感じ……これがお情けならもう私の心はズタズタだ。

行きと帰り、鞄《かばん》の中は書類1枚減っただけなのに何故《なぜ》か虚無感を拭えない。私の荷物ってこんなに軽かったっけ。

壊れるほど握りしめたプライベートのスマホには随分と前から通知が来ていない。

会社に戻ると、私の雰囲気を察してくれたのか先輩たちが気遣ってくれる。本当は私だってみんなの役に立ちたいし、成績だって上げたいのだ。

優しくされると逆に申し訳なさが膨らんで、でも会社で泣くなんてとちっぽけな意地が涙をなんとか押しとどめる。

会社から帰る電車には人もまばら、時刻は23時と40分。

あぁ、明日の飲み会行きたくないなぁ。仕事がって嘘《うそ》ついて休ませてもらおうかな……でも幹事してくれた人に悪いし……。

もんもんとマイナスな感情が頭を巡っては私を殴っていく。

やけに気温が高い、もう夏になってしまうのだろうか。
ふと学生時代の夏を思い出す。あの時は仲良いみんなで海に行ったりバーベキューしたり
……社会人になったらそういうことも無くなっていくのだろうか。
今の生活スタイルを顧みると無理だろうなぁ。

それにしてもあの頃ずっと一緒にいた有《ゆう》くんがまさかの同じ就職先だなんて。

別の大学になってからは同窓会くらいでしか顔を合わせてないいし、接点なんてないよね。

入社式で見かけたけど彼はこちらに気付いていないだろうか。事務課だったら営業課の次の処理してくれてるから、名前は見ているはずだけど。

ふと終電の窓に映る自分が目に入る。

こんな格好じゃ好きだった人にも会えないな。自分の情けなさに涙がぽろぽろとこぼれてくる。

人目をはばからず声を上げて泣きたいが、大人としての最後の理性がそれを許さない。

それでも流してしまった涙を元に戻すことは叶《かな》わない。

「またあの時みたいに喋《しゃべ》りたいな……」

切に呟《つぶや》いた言葉たちも、電車の開け放たれた窓から外へと散っていった。

引っ越してすぐ貰《もら》った時のままの鍵を取り出す。キーケースを買いに行く元気もないけど、いつか失《な》くしそうでこわいのよね。

いつも次の休みにはあれこれ買いに行こうと思うけれど、その度に「あれ、次の休みっていつだっけ」と暗澹《あんたん》たる気持ちになる。

こんな時間にエレベーターに乗る人はいない。一人だとやけに広く感じる鉄の箱に揺られて数十秒、自分の部屋の前に到着。

今日もなんとか一日耐えて帰ってきた。

スーパーなんて当然開いているわけもなく、晩ご飯は今日も今日とてコンビニで買ったカップ麺だ。24時間開いているコンビニが今の私の生命線。

最近のカップ麺やレトルト食品は色々あっていいのよね、なんて考えたところで久しく手料理を食べていないことに気がついた。

こんな生活がずっと続くのかと、空虚な寂寥感《せきりょうかん》が心を埋めつくしていく。

ドアを開けると自動で点灯する照明が私を迎えてくれる。料理をしないからキッチンは綺麗《きれい》、冷蔵庫にはレンジで温めるだけで食べられるおかずたちがズラリ。

いいもん、パックのご飯とコンビニのおかずだけでも生きていけるし。

入社したばかりの頃は、休日に作り置きできればなんて考えていたけど甘かった。社畜の休日は準備するためにあるのではない、寝るためにあるのだ。

リビングに荷物を置くと散らばった服や雑誌、無造作に机に放り出されたタブレットが目に入る。

掃除……しなきゃな。部屋に呼ぶ人なんていないけど。

そういえば、事務課に配属された彼もずっと残業してると風の噂《うわさ》で聞いたことがある。

私みたいに両目の下に濃いクマを作ってなければいいんだけど。

まぁ昔から優秀で、涼しい顔してなんでもやってのける彼のことだ、上手《うま》く立ち回っているんだろう。

明日の同期飲みには来るんだろうか、こんな私を見て幻滅されないだろうか、そもそも私のことを覚えているんだろうか。

ぐるぐると頭の中を暗い考えが回っていくが、いくら考えても答えは出ない。そうこうしているうちにも時間は進んでいく。

お湯を注いで3分、長いようで短くて、そしてやっぱり長いこの時間でもう寝落ちてしまいそうだ。

3分後、味噌《みそ》とバターの香りが鼻を襲う、確かこれって期間限定だっけ。毎日通っているコンビニに設置されていた手書きのポップを思い浮かべる。

塩分を感じさせる濃い味、ちぢれ麺に絡《から》んだスープが私の空腹を満たしていく。

ほっと一息、以前の私ならばここでビールでも飲んでいたんだろう。

涙を流してはジャンクなご飯を貪る毎日、そこにビールなんて流し込もうものなら、お腹周《なか》りの脂肪が大きくなっていくのを止められるはずもない。

本来ならば一日三食、仕事から帰ったらウォーキングや筋トレ、バスボムなんかも入れちゃってゆっくり入浴、日付がかわる頃に眠りに落ちるという生活が身体《からだ》にも心にもいいのかもしれない。

でも現実はご覧の有様《ありさま》、寝坊しないようにと何重にも掛けたアラームをひとつひとつ止めてバタバタと準備。

メイクは最小限に、髪なんて巻いてられない。当然、朝ご飯は作るどころか食べる時間もない。

通勤ラッシュになんとか身体《からだ》をねじ込んで、むわっとした電車に揺られること十数分、最寄り駅から会社までとぼとぼと歩いていく。私を追い越す会社員たちのなんと輝いていることか。

「だめだ、麺が伸びちゃう」

頭を振って悲しい回想をかき消すと、一心不乱に麺を口に含む。こんなことをしている間にも私の貴重な睡眠時間が削られてるんだ。

「ごちそうさまでした……」

小さく呟《つぶや》くと、カップ麺の器を水洗いして割り箸と一緒にビニール袋に投げ入れる。

カコッと鳴ったビニール袋には他のカップ麺の残骸が。

改めてキッチンからリビングに目を向ける。

第一志望の会社に入社できたのに、なんだこの有様《ありさま》は。

たまっていくのは口座の貯金じゃなくて畳まれていない洗濯物とペットボトルのごみばかり。

いっそ一週間くらい、いや三日でもいい、お休みをいただいて心機一転リフレッシュしようか……いや、無理だな。契約の一つもまともに取って来られないのに、休む訳にはいかない。

ジャケットを脱ぐと週末クリーニングに出す服をまとめている場所に投げ捨て、のろのろとシャツのボタンを外していく。お風呂《ふろ》に入るのってなんでこんなに難しいんだろう。

湯船にお湯なんて張ってられない、シャワーでさっと身体《からだ》を温める。外も暖かく、というか暑くなってきたが、夜はしっかり温度の高いお湯に当たらないと睡眠の質が下がってしまう。

こんなことになってしまったから、今私の楽しみは偶《たま》に買うお酒と上質な睡眠だけだ。なんて寂しい社会人なんだ。

長い髪は洗うのすら億劫《おっくう》だ、もういっそ切ってしまおうかな。

頭のてっぺんから足の爪先まで流れるお湯に身を任せる。魚ってこんな感覚なんだろうか。

風呂場《ふろば》から出ると脱衣所で丁寧に身体《からだ》を拭いていく。目にちらちらと映る手の爪は、手入れされておらず先がガタガタだ。

あー、週末塗り直さなきゃ。やっぱり飲み会キャンセルできないかな……。

自分の性格上、こんな直前にやっぱりやめたなんて言えるはずもないことを、私自身が一番知っている。

「でもあんまり気が進まないなぁ……」

面倒な気持ちを抑え込んで髪にドライヤーの風を当てると、湿気を含んだ空気が部屋を満たしていく。

じっとりとした、私があんまり得意じゃない季節が来る。

海にも行けないしバーベキューなんてもってのほか、花火も無理だろうな。……この街にもお祭りってあるんだろうか。

カラカラカラッと網戸を開けてベランダに出る。

駅から続く大通りからは一本外れたこのマンションは静かなものだ。

ふと空を見上げると星々が瞬《またた》いている。

地元に比べて都会なのに意外と見えるんだ。

しっとりとした空気を乗せた風が頬にあたる。今を輝く人が見ても、一人で泣きそうな私が見ても、星は変わらず綺麗《きれい》だってなんだかありがたい。

昔の偉い人も言ってたっけ、夏は夜って。私の好きな秋は夕暮れだったかしら。

「綺麗《きれい》だなぁ」

呟《つぶや》いた言葉は誰に聞かれるでもなく、夜の街を泳いでいく。

まだ満月になり切れていない月が顔を覗《のぞ》かせる。お饅頭《まんじゆう》みたいで美味《おい》しそう……あ、だめだ深夜なのに甘いものが食べたくなっちゃう。

明日や明後日《あさって》にはまん丸になっているであろう月を想像すると、夜空を漂うクラゲに見えてきた。

そういえば水族館も久しく行ってないわね。あの静かでどこか幻想的な空間に溺れたい。

スマホで時間を確認するともう起きるまで6時間もない、早く寝よう。

ほんの数分間の月光浴を終えた私は、サンダルを脱いでこの世で唯一安心できる場所、ベッドへと舞い戻った。

◆◇◆◇

一夜明けて金曜日、営業課長を目の前にして私はなんとか立っていた。足は生まれたての小鹿のようにプルプルと震えている。

やはり昨日の契約の件だろうか、怒られるんだろうなぁ。覚悟してきたとはいえ、心に刺さる棘《とげ》の数は減ってはくれない。

「秋津《あきつ》さん、今回の営業お疲れ様。ペースなんて人それぞれだ、まずは呑《の》んでもらえた条件で真摯に進めるんだよ」

目に優しい光を灯《とも》して課長は言葉を並べていく。予想に反して労《ねぎら》いを受ける。

そうだ、せっかく取れた契約。

営業課は契約を取るだけが仕事じゃない。そこから形になるまでちゃんと見届けないと。

「ありがとうございます」

「あ、それと」

にこやかな笑顔で課長は続ける。

「今日君たち同期で飲みでしょ？　僕ら課長たちで出してあげるから存分に楽しんできなさい」

こういう社風には助けられる。

筋を通せばこんな感じで見返りもしっかりある。誰かが根回ししたんだろうなぁ。

時刻は午後6時と少し、こんな時間に帰るのも珍しい。

営業課自体、全体的に仲はいい。同期はいつも気遣ってくれるし、成績の悪い私を突き放したりしない。

「秋津ちゃん～集合場所行こ～」

「ちょっと待って、すぐ行くね」

お手洗いで少しだけメイク、髪を整える。一応、一応ね。彼が来るかどうかは知らないし、話せるかどうかもわからないけど。

外に出て同期たちの輪に加わる。

飲み会はまだだというのに、うちの課の同期は元気だ。

わいわいと仕事の話や休日の話が聞こえてくる。あ、今日の飲み会私話すことないや。

まさか私の荒《すさ》んだ生活を話す訳にもいかないし、隅っこでみんなの話を聞きながらちびちびお酒でも飲んでよう。

居酒屋の暖簾《のれん》をくぐる、なんでもここは海鮮が美味《おい》しいらしい。

「お、他の課は結構来てるみたいだな！」

加古君が営業課の面々を中へと誘導している。彼が幹事なら今日は上司の奢《おご》りってのも納得だ。

期待のエース、元々営業していたのかと思うほど、口から流れるように言葉が出る出る。

甘いマスクに物腰柔らかで、同期からも人気だ。

私もお店の中に入ると掘り炬燵《ごたつ》の大きな部屋に通される。二十人ほどの同期、今年は例年よりも多いらしい。

うち約半分は営業課だから、どのテーブルについても知ってる人がいるのは安心だ。

「何人か遅れるらしい！」

スマホを触っていた……あれは確か経理課の……名前は思い出せない彼が加古君に叫んでいる。

「了解！　んじゃ始めとくか」

その声を皮切りに皆メニューをごそごそと見始める。やっぱビールでしょ！　とか梅酒がいいかな～なんて声が聞こえる。

この雑多な感じ、安心する。大人数の飲み会なんて久しぶりだ。

ぐるっと会場を見回してみるけど、彼はいない。

「秋津ちゃんはどうする～？」

迷っていると勘違いされたのか、居酒屋まで一緒に歩いて来た女の子が声をかけてくれる。

「んー私は生ビールにしようかな」

周りが「え？」みたいな顔になる。なに、私がビール飲むのが珍しいか。

「なんかカシオレとか飲んでるイメージだった……」

「え、全然金曜とか缶ビールケースで買って帰るよ」

「そんなイメージ無い！　もっとゆるふわしてるかと」

どんなイメージだ。確かに、プライベートの話なんてすることあんまりないしなぁ。

そうこうしているうちに、つき出しが運ばれてくる。

「生三つと梅酒、ハイボールで！」

営業課同期の男の子がまとめて注文してくれたみたいだ。

軽快な乾杯の音頭《おんど》、次々と運ばれてくるご飯に否応《いやおう》でもお腹《なか》が鳴る。

社内では変な緊張が取れなくて、お昼休みもご飯があまり喉を通らないのだ。

マグロの刺身を箸でつまんで口へ運ぶ。深い味わいにビールが進む進む。

最近はグランピングにハマっているという同期の男の子の話を聞きながらも、目は料理から離れない。もちろん適度に相槌《あいづち》は打つが。

「秋津ちゃんは休みの日何してるの」

グランピングにハマってるらしい彼から話を振られる。また絶妙に答えにくい質問を……。

「うーん、料理とかかしら」

嘘《うそ》だ。まともな料理なんて入社してから数回しか作っていない。大学時代、一人暮らしの時は結構してたんだけどな。

「へぇ～今度良かったら食べさせてよ」

社会人と言っても、所詮は学生に毛が生えた程度。お酒が入れば軽々しくこういう話になる。

「機会があればね」

流して、というか実質拒否してビールのグラスに口をつける。今は人を好きになる元気がない。今日だって普通のテンションで同期たちと話せてるのが奇跡なんだから。

次に運ばれてきたのはどて煮だ。顔には出さないが心の中で大喜び。この濃いモツを肴《さかな》に飲むお酒がまた美味《おい》しいのよ。

唐揚げやらポテトやら揚げ物やらに群がる男性陣を横目に、ちゃっかり自分のを多めに盛り付ける。

ぷるぷるのモツとこんにゃくが、黒い海の中で私に食べられるのを待っている。

一週間、外に出ずっぱりで疲れた身体《からだ》に塩味とアルコールが染《し》みていく。あー、これはすぐに酔っちゃうかも。

仕事で迷惑を掛けている以上、飲み会の時までみんなのお世話になるわけにはいかない。

ぽやぽやと頭に霧がかかり始めた頃、扉を横にスライドさせながらスーツを着た男の人が入ってくる。

少しやつれた髪、下がった眉尻、緑色のネクタイが少し曲がっている。

高校時代は毎日見ていたあの顔も、なんだか少し遠くなってしまったような。

「すまん、遅れた」

そう言って鹿見《しかみ》くんは加古君のところに挨拶に行くと、そのまま席に着いた。

ぐるっと周りを見回す彼、数多《あまた》のお皿やグラスを通り越して今、目が合った気がした。

彼の優しげに細められた目、うっすらと浮かぶクマ、決していいとは言えない血色の唇が動く。

音は発さなくとも、授業終わりにいつも聞いていたあの声が頭の中に響き渡る。

(おつかれさま)

ぶわっと顔に血が上る。

彼のことを見ていられなくて、誤魔化すようにグラスに口をつけた。

半分と少し入っていたビールを一気に飲み干すと息をつく。

そっか、覚えてたんだ私のこと。

会うならちゃんと髪も染めたほうがよかったかしら、今の服って変じゃないかな、なんてそれこそ学生のような思考が頭を渦巻く。

ほんと、単純だ私。

あわよくばもう一度、と再び奥に視線を向けるが、もう目が合うことはなかった。

そこからは仕事のことを忘れて……とまではいかないが、あまり気にせずお酒も料理もどんどん胃袋に収まっていく。

宴もたけなわ。

あぁいつもより酔っちゃったかも。どちらかと言えばみんなで飲むより一人で飲むほうが酔うはずなんだけど。

飲み会も終わりに近づいていく。あぁ今日は来てよかったな、みんなの話も聞けたし料理も美味《おい》しかったし、何より。

とりあえずこの週末は泥のように眠ろう。帰ったらちゃんとシャワー浴びなきゃ……。

テーブルでの集金も終わって立ち上がろうとしたところでよろめく。

うっ、思ってたよりもたくさん飲んでたみたい。なんとか脚を突っ張って倒れないように踏ん張る。

平衡感覚がぶれて頭はふわふわ回って、真《ま》っ直《す》ぐだと思っていた道もぐにゃぐにゃと曲がって見える。

なんとか店の外に出て壁にもたれかかっていると、テーブルが同じだった男の子が声をかけてきた。

「秋津ちゃん、二次会行く？」

この状態でさらに飲むのは厳しいものがある。

「や、私はやめとこうかな～疲れちゃったし」

まともに思考が続かない。このままだとここで寝てしまいそうだ。

「そっかそっか、じゃあまた月曜日！」

ひらひらと手を振る彼は二次会に行くメンバーであろう輪に戻っていった。

さて、お開きなら私も帰らないと。

駅はどっちだと周りを見ても視界が揺れてまともに進めない。

ふらふらしていると先程の輪から人影が一つ、こちらに近づいてきた。

「おい、大丈夫か」

腕を摑《つか》まれて姿勢が縦に。

どこかで嗅いだことのあるお日様みたいな匂い、腕にしっかりと感じる指の感触は、青春時代と呼ぶにはあまりにも遠くなってしまった日々の記憶を呼び起こす。

「有……くん……？」

思わず昔の呼び方が口からこぼれる。

「おいおい鹿見って呼べよ、秋津さん。ちょっと待ってろよ」

彼はそれだけ言って鞄《かばん》を私に預け、二次会に行く人たちの輪に戻って行ったかと思えばすぐにこちらに帰ってくる。

「よし、じゃあ帰るか。お前家どこ？」

「え、二次会、、」

次のお店探しへと旅立った集団を一瞥《いちべつ》し、彼はこちらに向きなおる。

「あー、まぁ、今日はそんな気分じゃなかったんだよ。残業もしたしな」

ぽりぽりと頭をかきながら彼はつぶやく。私と目を合わせず、再び腕を摑《つか》んだ。

「タクシーで送ってく、後ちょっとだけ歩けるか？」

「ん……ありがと」

駅をめざして歩く、と言っても私はほとんど彼に寄りかかっているけど。

酔った私の視界に映るのは色とりどりのぼやけた光と彼のジャケットの袖。

「こうやって歩くの久しぶりね」

「そうだな～大学の時はほとんど会わなかったし、まさか同じ会社に就職してるとは」

「私は入社式の時に気付いていたけど！」

どうして声かけてくれなかったの、なんてわがままな文句を裏に忍ばせて腕を抱きしめる。

「俺も気付いてたよ、でも忘れられてたらどうしようって。数年会ってないし」

そうか、彼も私と同じように悩んでたんだ。

「忘れるわけないじゃない。高校の時はあんなに毎日一緒にいたのに」

「それもそうか」

カラッと笑う彼は、いつの間にか私に歩幅を合わせてくれていた。

これが社交ダンスなら満点、ドレス着てヒール履いてたら完璧だったのにね。下を向くと、くたびれたスーツと外回りでぼろぼろのパンプスが目に入る。

「コンビニ寄るけどいいか？」

こくっと頷《うなず》いて返事。あんまり喋《しゃべ》ると口から胃の中の物が出てきそうだ。

数分後、彼がペットボトルを二本持って現れる。

「ほい、お前の」

丁寧に蓋まで開けて渡された水を喉に流し込んでいく。

今度から誰かと飲む時は途中でお酒以外も挟まなきゃなぁと今更ながら。

「あ、ありがとう、お金はまた後で払うから、」

「いいってそれくらい、落ち着いたらタクシー拾うぞ」

もう彼と話すのもこれで終わりかな。ずどんと心にのしかかる寂しさが恨めしい。

明日と明後日《あさって》はたっぷり寝たあと部屋の掃除でもして、月曜日の外回りに備えなきゃ。

この水のお金返すって名目でまた会えたりしないかな、久しぶりに話したからって連絡するのもおかしいかな。

酔った頭じゃまた会う口実なんて思いつけない。

時は残酷、タクシーは客を捕まえようと乗り場に停《と》まっている。客もタクシーを捕まえたいと思ってるしウィンウィンってこのことかしら。

馬鹿なことを考えながら流されるままドアをくぐると、彼も後部座席に乗り込んでくる。

「え、あれ？」

「ん？　お前送ったあと俺もこのまま帰るから」

な、なるほど。一瞬彼の家まで連れていかれるのかと期待してしまった。私も学生脳のままなのかしら。

「ほら秋津、家の場所言ってこいって」

前の席に手をかけて運転手さんにマンションの場所を伝える。

「は？」

突然彼が声を上げる。振り向くと、見たことないような驚いた顔。

目で問いかけると、彼は首を振った。

静かに車は進み出す。

「さっきの何よ」

「いや、うーん、まぁ後でわかるか。それより、」

視線を追うと私の手。あ、無意識に彼の腕を摑《つか》んでいた。

でも酔ってるしこれくらいは許されるかしら。

「だめ？」

ここで嫌？　と聞けなかったのは私の弱さ。

「だめじゃないけど」

「じゃあこのまま」

目を閉じて身体《からだ》を座席に預ける。

別れを惜しむように袖を握る。酔ってるから、なんて言い訳をまさか自分が使うとは思ってなかった。

彼はどんな表情をしているんだろう。今日が終わればもういつも通りに、会社でも外でも会うことはないのかな。

なんとか繫《つな》がったこの細い糸でさえ、身も心もぼろぼろな私にとっては切りたくない一縷《いちる》の希望なのだ。

無言の時間が続く。

他の人とならば、この無言を苦痛に感じることもあるが、なぜか彼だと心地良さすら覚える。

最寄り駅の近く、信号を数機通り過ぎると私の住むマンションが見えてくる。

こんな所まで付き合わせた彼には悪いなと思う。どこに住んでいるのか知らないけど。

本当はもっと元気な時に会いたかった。

エントランス前にタクシーは静かに停車する。

「先出てくれ」

水も奢《おご》ってもらったし、タクシー代くらいは後で返そう、そう心に決めて外に出る。

彼とはここでお別れ、お休みの挨拶くらいはと扉に近付くと、彼は支払いを終えて出てくる。

「え……？」

いたずらっぽい笑みを浮かべた彼は、バタンとタクシーのドアを閉め、こちらに近付いてくる。

タクシーは何事もなかったかのように路地へと消えていった。

理解が追いつかない。

「ほら秋津、帰るんだろ」

どういうこと、彼は私を送ったあとそのままタクシーで自分の家まで行くんじゃないの。

腕をくいっと引っ張られてエントランスに。酔った身体《からだ》じゃちっとも抵抗できない。

彼はおもむろにキーケースから鍵を取り出すと、インターホン付属の鍵穴に差し込み回す。

再び頭にハテナが浮かぶ、なんで、どうして。

呆然《ぼうぜん》としたままエレベーターに乗り飲んで自分の階を押す。

揺られること数十秒。

こんな時間だし誰も乗ってこない。

気がつけば彼と並んで自分の部屋の前にいた。私、ついに夢を見てるのかしら。

起きたらあの居酒屋とかないよね？

無骨なデザインの鍵を自室に差し込みドアを開く。

いつものように照らしてくれる間接照明、今日は二人をだけど。

「い、いらっしゃい……？」

なんて言っていいのかわからず言《い》い淀《よど》む私。

「まぁすぐ帰るがな。」

ふっと口元を緩めた彼が私の横を通り抜けて一歩だけ前に出て振り返る。

「おかえり、秋津」

彼はこちらを向いて手を広げる。まるでここが自分の家だと言わんばかりに。

お酒に浸《つ》かった脳のせいか、私の願望がそう見せたのか。

なんてことはないただの限界ＯＬが一人暮らししている玄関で、高校時代に好きだった彼が。

少し大人っぽくはなったがあの頃と変わらない穏やかな笑みを浮かべて彼は私を迎え入れる。

ふわっと香る昔好きだったあの匂いが沈んだ私の意識を引っ張りあげる。

人間、一生に一度くらいはどうしても脳裏に焼き付いて離れない光景を見るらしい。

確信した、今がそうだ。

この時全身に走った稲妻のような熱情を、色褪《いろあ》せた世界が一瞬で鮮やかになった瞬間を、溢《あふ》れんばかりに駆け巡る様々な感情を、そしてとうに捨てたはずのあの気持ちに心のど真ん中を撃ち抜かれた感覚を、私は生涯忘れることはないだろう。

「た、ただいま」

こんな赤い顔を見られる訳にはいかない。

俯《うつむ》きながら廊下を進んで気がつく。

まずいまずいまずい、この先の部屋を見られる訳にはいかない。散らかった服にペットボトルの山がどんっと鎮座しているはず。

私の願いも届かず、彼はリビングへ続くドアへと手をかけた。

「秋津、お前……」

だめだ、呆《あき》れられた。せっかく、せっかく会えたのにここで終わりなのか。

私の気も知らず彼は部屋を見回した後に口を開いた。

「明日と明後日《あさって》って予定ある？」

「この部屋の掃除です……はい……」

自分の意思じゃ止められなくて、涙がぽろぽろこぼれ落ちる。

社会人にもなってこの有様《ありさま》、契約も取れないしお酒に酔って高校時代の友人に迷惑かけるし、部屋すら掃除できない。しかもそれを見られてしまうなんて。

ぐすぐすと鼻を鳴らしていると、彼の手が伸びてきて頭を撫《な》でられる。

「んじゃ、今日はうち来いよ。掃除は明日手伝うからさ」

ぽかんとしていたらいつの間にか見たことある扉の前に立っていた。階は違うけど。なんだか途中、寝る時用の下着を集めたり部屋の電気を全部消したか確認したり、くいくいと手を引かれてエレベーターに乗ったりした気がする。

そんなことってある？　私と鹿見くんが同じマンションに住んでるなんて、まさか毎朝でも会いに行ける距離にいるなんて。

招かれるまま中に入ると、うちと同じような廊下。案の定自動で点《つ》く照明に照らされる。

そのまま扉を開けてリビングへ。私の部屋より少しだけ狭い空間は、彼の匂いで満たされていた。

ソファにダイニングテーブル、シックな家具に紛れて学生時代の写真が飾ってある。

「今日も疲れたろ、風呂《ふろ》沸かすから入ってこい」

あまりの展開に心も身体《からだ》もついていけない。彼はスーツから着替えるのか別の部屋に足を進める。

思わず条件反射のように袖を摑《つか》んでしまった。

「あのね、私」

こんなタイミングで話すべきじゃないのはわかってる。わかってるけど止められない。

「しごとも、プライベートも、なんにもうまくいかなくて……」

あーあ、泣くはずじゃなかったのに。頬を大粒の涙が伝っていく。でももう。

無様な部屋を見せてしまったら後は同じだ。

「毎日なんとか契約も取ろうとしてるけど……」

彼は短く息を吐くと、私の横に腰掛ける。

「みんなみたいにうまくいかない、どうすればいいのかもわからない、真っ暗な道を一人で進んでるみたいでもう」

一度吐いた言葉は戻らない、堰《せき》を切ったように次々と流れていく。

流した涙と言葉の数が、これまでの私の気持ちを代弁しているかのようだ。

彼が私に近づいてくる。頬に添えられた手、熱が私の顔を溶かしていく。

「秋津」

私の顔を上に向けると彼は優しく言葉を紡《つむ》いでいく。

「俺は営業課じゃないし、会社でのお前のことはほとんど知らないけど」

目尻をふにゃっと下げると、私と同じ目線までかがんでくれる。

「俺の知ってるお前は、もっと自信があってどこか生意気で、いつも笑顔で、できなかったことは忘れて自分のできることを精一杯やる憧れの人間だよ」

受けとった温かい言葉たちに反応して目頭が熱くなる。それでも。

「有くんの知ってる私は昔の私。今はもうだめだめな人間なの。このまま誰にも気づかれず、消えていくのよ」

どうしてこんな時まで素直になれないんだろう。一緒にいたいって慰めて欲しい、そうじゃないって否定して欲しい。

自分の浅ましさが嫌になるが、ここまでさらけ出してしまったらあとは野となれ山となれだ。

「よく聞いてひより」

そうやって昔みたいに私を呼ぶ。

「昔のお前も今のお前も同じお前だろ。人間ずっと元気でいられるわけないんだから。今は休む時、環境が変わっていつものお前を思い出せないくらい心が忙しいだけ」

頰に添えられた手は顔を伝って頭に。

撫《な》でられる猫が気持ちよさそうな顔をするのもうなずける。

「だから今は、お前が元気になるまでは、俺が」

そこで言葉を切ると、彼は離れていく。ついさっきまで頭にあった大きな手が離れてしまう。

「あっ……」

思わずつぶやいてしまった小さな声が彼に聞こえないことを祈る。

彼はすぐに戻ってくると、だらんと垂れた私の手を開き、見たことのある、しかし私のものとはちょっとだけ形の違う鍵を握らせた。

「つらくなったらいつでも来い。飯くらいは作ってやる」

恥ずかしそうにそっぽを向いた彼の耳は、確かに赤かった。


その日から私は度々有くんの部屋に入り浸るようになった。

自分の弱い部分を知っている人が一人確かにいるというだけでこんなにも違う。

彼の料理のおかげか、弱音を吐きだせるからか、一ヶ月もすれば私の生活はめきめきとよくなっていった。

家でゆっくりできる時間も増えて、仕事のことをちゃんと考えられるようになった。彼も面倒くさそうな顔をしながらもアドバイスをくれるし。

いつか彼が憧れたと言ってくれた昔の自分に、いやそれ以上になった時には、もう既に両手には収まらないほど大きくなったこの気持ちを伝えられるだろうか。

そしてその結末がどうであっても何年後かに気付くのだろう。彼が私を見つけてくれたあの日が、鍵をもらったあの瞬間が、私にとって人生最大の転機だったと。

あとがき

初めまして、七転《ななてん》と申します。

この度は『営業課の美人同期とご飯を食べるだけの日常』を手に取ってくださり、ありがとうございます。この小説が皆様の通勤、通学、就寝前のお暇《いとま》を埋められたら幸いです。

私にとって本作が人生で初めての小説で、それが書籍化されるなんて思ってもみませんでした。毎日少しずつ通勤時間に書いてはカクヨムに投稿していたのが昨年の秋、それから一ヶ月ほどでお話をいただき、あっという間に書店に本が並んでいました。人生とは目まぐるしいものので、ほんの少しのきっかけで大きく動いてしまうものだなぁと実感しています。

作品を書き始めたのは、自分が「社会人ラブコメ」を読みたいと思ったからです。自分に刺さる作品を自分で書けば、需要と供給の両方を一気に満たせてしまうなんて、当時の私は馬鹿なことを考えたものです。

この大量に娯楽がある現代で、本を買うという行為は昔より数段ハードルが上がった気がします。作者として「小説を読んでもらう」ということは、その分の時間をいただくことだと考えています。人生の貴重な時間を私の言葉に割いていただけるなんて、なんと幸運なことだろうと、そしてなんと責任の伴うことだろうと身が引き締まる思いです。さて、少し恥ずかしいので私の戯言《たわごと》はこの辺で。

ここからは謝辞を。

担当編集様。カクヨムの荒れ狂う海の中から私を見つけてくださり、また不規則な私の生活に合わせて打ち合わせしてくださり、本当にありがとうございます。「編集さんって大変だぁ」と痛感しました。小説を書くこと自体が初めての私に手取り足取り作法を教えてくださり、本当に頭が上がりません。そのうちぜひ、飲みに行きましょう。

どうしま先生。綺麗《きれい》で鮮やかで表情豊かなイラストをありがとうございます。初めてキャラの立ち絵を拝見したときにびっくりしました。まさに私の思い描いていた秋津《あきつ》で感動しました。自分の頭の中だけの存在がこの現実世界に出てこられたのも、先生のおかげです。変なところで凝り性な私の細かいお願いを全部聞き入れてくださり感謝しています。新しくお送りいただく絵を見る度に、モチベがぐんぐんと上がっていきました。

そして読者の皆様。冒頭でも書きましたが、この本を手に取ってくださりありがとうございます。カクヨム時代から見てくださる方も、どこかで情報を見て買ってくださった方も、たまたま入った書店やおすすめに流れてきて目を留めてくださった方も、感謝しかございません。

思うに物語とは、延《ひ》いては言葉とは、一生残るものだと思います。この本を読み終えて本棚に戻した後でも、今夜の晩ご飯に悩んだ時、甘すぎないラブコメを摂取したくなった時、季節が変わった時にでもまた、思い出して読んでくだされればそれ以上の幸せはございません。

それではまた、お会いしましょう。

七転

本書に対するご意見、ご感想をお寄せください。

ファンレターあて先
〒 102-8177　東京都千代田区富士見 2-13-3
電撃文庫編集部
「七転先生」係
「どうしま先生」係

本書は、カクヨムに掲載された『営業課の美人同期とご飯を食べるだけの日常』を加筆・修正したものです。

電撃文庫

営業課《えいぎょうか》の美人同期《びじんどうき》とご飯《はん》を食《た》べるだけの日常《にちじょう》

七転《ななてん》

2024年12月10日　初版発行

発行者　山下直久
発行　株式会社KADOKAWA
〒102-8177　東京都千代田区富士見2-13-3
0570-002-301（ナビダイヤル）
装丁者　荻窪裕司（META＋MANIERA）
印刷　株式会社暁印刷
製本　株式会社暁印刷

ISBN978-4-04-915701-7　C0193　Printed in Japan

電撃文庫　https://dengekibunko.jp/